DENTRO DEL CERCADO

Gabriel Miró

PRIMERA PARTE

- I -

Laura y la vieja Martina suspiraron, alzando los ojos y el corazón al Señor. La enferma las había mirado y sonreído. Sus secas manos asían crispadamente el embozo de las ropas; los párpados y ojeras se le habían ennegrecido tanto, que parecía mirar con las órbitas vacías. Pero, estaba mejor; lo decía sonriendo.

Laura puso el azulado fanal al vaso de la lucerna; envolviose en su manto de lana, cándido y dócil como hecho de un solo copo inmenso y esponjoso; y, acercando la butaca, reclinó su dorada cabeza en las mismas almohadas de la madre.

Todo el celeste claror de la pequeña lámpara, que ardía dulce y divina como una estrella, cayó encima de la gentil mujer. Descaecida por las vigilias y ansiedades, blanca y abandonada en el ancho asiento, su cuerpo aparecía delgado, largo y rendido, de virgen mística después de un éxtasis ferviente y trabajoso. Pero, al levantarse para mirar y cuidar a la postrada, aquella mujer tan lacia y pálida, se transfiguraba mostrándose castamente la firme y bella modelación de su carne.

Venciendo su grosura y cansancio salió Martina, apresurada y gozosa; y golpeó y removió al criado de don Luis, que dormía en el viejo sofá de una solana, cerrada con vidrieras.

Despertose sobresaltado el mozo, preguntando:

-¿Ya ha muerto?

Martina lo maldijo enfurecidamente.

-¡La señora no ha muerto ni morirá! La señora habla y duerme, y está mejor...

-Entonces se muere, y pronto...

Y tornó a cabecear este buen nombre que venteaba la desventura.

Martina abrió la ventana. Había luna grande, dorada y vieja, mordida en su corva orilla por la voraz fantasma de la noche. Los campos desoladores, eriazos con rodales y hondos de retamas y ortigas, emergían débilmente de la negrura untados de una lumbrecita lunar de tristeza de cirios.

Destacaba muy hosca la casuca de un cabrero. Una res, escapada de los establos, había subido por las ruinas del tapial, y desde lo alto miraba la noche. La cornuda silueta de la cabra se perfilaba, negra, endemoniada y siniestra sobre el cielo encendido de luna rojiza. Los perros del ganado la ladraban babeando empavorecidos.

Esa figura fue para la simple dueña una visión de maleficio; y persignándose exhaló un grito de susto. Acudió Laura. Era su paso de aparición de ángel que anda deslizándose por las aguas y el viento.

La vieja Martina la recibió llena de congoja.

-¡El Santo Patriarca me perdone si he despertado a la señora!

Laura sonrió para sosegarla.

-¡Mire, mire aquello que parece el Enemigo!

Laura le dijo que la pobre cabra estaba muy limpia de todo pacto y hechura del diablo.

En aquel instante el blando y pegajoso vuelo de un murciélago tocó fríamente sus sienes, y la gentil doncella refugiose en la estancia con súbito miedo de la visión.

Entonces, bajo, en el portal, sonaron golpes.

-¡Don Luis! -exclamaron entrambas mujeres.

Y sólo pronunciando este nombre se sintieron fortalecidas y alumbradas de esperanza.

Abriole Martina, diciéndole atropelladamente la nueva del alivio de la señora.

Y don Luis la acogió con sonrisa de cansancio y tristeza.

Era el caballero alto y de gallardo porte. Frisaba en los treinta años, y había en su mirada, en su boca de patricio dibujo entre la negra barba, y en su pálida frente una expresión, un gesto apasionado, jerárquico sin dureza.

Laura, la señora y Martina, que ya le querían por la fineza de sus prendas, amábanle ahora más por sus cuidados y exquisita ternura.

Don Luis pasaba el día en su estudio de arquitecto, el predilecto de toda la comarca; y su caudal le permitía darse a sueños y quimeras, pues resulta que no es la pobreza el mejor incentivo del artista como imaginan algunos generosos corazones. Por las noches participaba de los trabajos y angustias de estas pobres mujeres; algunas veces traía a la suya, hija de una hermana ya muerta de la enferma; pero con frecuencia sólo él y Laura la velaban y asistían.

Fueron al dormitorio.

Sonaba el aliento de la señora con un silbo penoso. Tenían sus mejillas la misma blancura de sus cabellos, que se le derramaban esparciéndose en las almohadas.

-¿Verdad que descansa? -deslizó Laura, mirándole con ansiedad.

Quiso él también creerlo. Y retirose para dejarlas en quietud.

Su criado seguía durmiendo fragosamente.

-¡Ahí lo tiene, don Luis! ¿Qué se hará con este maldecido?

-Nada, Martina, nada; dejémoslo; es tierno y rudo; un verdadero hombre.

Al lado de la galería-solana estaba la salita familiar. Aquí rezaba y leía la madre y bordaba la hija; aquí tenían sus íntimos coloquios; y aquí, una noche estival de machas estrellas y muchos jazmines, atraída Laura por el encendimiento de la palabra de Luis que les contaba de su orfandad temprana, de su juventud andariega en países remotos, permitió a su mirada internarse en los ojos y en el corazón de aquel hombre.

Un deleite que abrasaba su vida, y que ella adivinó y sintió comunicado a la sangre de Luis, le hizo entornar castamente los párpados; y las dos pinceladas de un oro antiguo de sus cejas se fruncieron por bellísimo enojo.

Desde esa noche celose Laura a sí misma hasta con menudos escrúpulos. Sin embargo, de continuo era para Luis dulce, efusiva y confiada como antes; sino que al saludarse, sus manos, que siempre se buscaron y oprimieron con descuidada inocencia de amigos felices, se tocaban ahora miedosas y leves.

Recogió Luis la celestialidad de aquella mirada, y en ella se gozaba cuando más lejos se sentía de su quimera de amor.

Su mujer y Laura parecían quererse con más ternura que nunca. Laura no se cansaba de decir alabanzas de su prima, celebrándole todos sus rasgos, hechos y donaires más sencillos.

Y esto -pensaba él- había de serle de mucho contento y de pacificación para su espíritu, porque manifestaba la excelsitud y fineza de su amor. Pero algunas veces necesitaba repetirse ahincadamente esas ideas para no contristarse viendo el mutuo halago y efusión de Laura y Librada.

El lento mal de la madre les acercó sus vidas. Luis trajo a esta casa libros, planos, estuches; y en su improvisado tablero de dibujo, los cartabones de caucho y los platillos de aguadas cubrían los frascos de drogas.

Trocose el arquitecto en estanciero filial, que cuidaba también de Laura como un hermano grande, y bromeaba, de rato en rato, con Martina como un rapaz travieso. Y en el silencio y angustia de las noches de vela, dentro de sus almas florecía un tímido alborozo sintiéndose muy cerca, muy íntimos, inocentes y unidos.

Sentose en la butaquita de felpa blanca de Laura, y descansó su brazo en el escritorio, mueble venerable de finísimos herrajes y costosa taracea, guardado devotamente por la señora, y donde la hija anotaba los pagos y cobranzas de la hacienda del hogar que le iba dictando la madre, meditándolos muy despacito.

Contemplándolo, se le aparecía a Luis la graciosa figura de la doncella, acodada sobre su libro de cuentas, y luego distraída, imaginando lejanías de antaño, que también semejaban derivarse del rancio mueble familiar.

Luis no vio a Martina, que mirando su reposo le apagó la lámpara. Percibió que le dejaban un mullido abrigo encima de sus hinojos, un dulce calor que olía a armario y recordaba el perfume de Laura. La quietud de la noche se fue espesando, rodeándole, cercándole, tocándole suave y deleitosa como un ungüento que le llegaba al corazón. Pareciole que se le telaban y emblandecían las sienes; que se afondaba el suelo, que le arrullaban, que le mecían, que se perdía a sí mismo, todo menos que estuviera durmiéndose.

Y se durmió.

Y muy tarde, al despertar, oyó fresco rumor de canos de fuente, de herradas de agua, y un ruido de pasos presurosos, de palabras pronunciadas con timidez, pero sin el cuidado y sigilo de antes.

¿Qué pasaba? ¿Se habría dormido?

Fuera, cruzó Martina, haciendo retemblar el suelo y las vidrieras. Por el quicial asomaba mirándole la rapada cabeza de su criado.

¡Se había dormido, y acaso tan rudamente como ese hombre!

Alzose; salió; y en el dormitorio halló a Laura, que le dejó abandonadas las manos trémulas, muy frías.

-¿Qué tienes, qué tienes?

Ella inclinó su cabeza y entrose sollozando.

Salió Martina llevando las íntimas ropas de la señora.

Luis quedó contrito, lleno de vergüenza de su sueño. ¡Qué pensaría Laura!

Buscó a la vieja criada, que le dijo llorando:

-¡Fue en un instante! Se le deshizo la vida como un humo; nada más miró a su hija, y se quedó sonriendo lo mismo que las santas...

Dormía usted tan ricamente de cansado, que no quisimos llamarle... No nos dejó la señorita.

Oyéndola, se odiaba Luis.

Huyó a la terraza; y bajo la inocencia, la paz y la hermosura de la noche, fue curándose de su vanidoso sufrimiento; y pensó en la muerta y afligiose generosamente.

Entonces tornó a la alcoba.

Estaba la señora vestida de negro, y en sus cruzadas manos goteaban los helados vislumbres de un rosario de nácar.

Mirándola, acudía a la memoria del joven todo el pasado de esta mujer, desventurada por iniquidades del esposo, que se mató por desdenes de una ramera. Y la viuda besó y veló el cadáver del suicida, y fue sabia y fuerte para defender a su hija de la ruina del hogar y de las insidias de las gentes. Apartada, dulce y altiva había vivido; y aun en la juventud tornose su cabeza blanca, y era como una cumbre que amanece nevada en día de sol; y su carne adquirió la palidez y transparencia del alabastro. Recordaba Luis su noble llaneza y mansedumbre, y su terror de que la hija quedase tempranamente sola en la vida.

La mirada y la piedad de Luis envolvieron a la huérfana, y arrepintiose de haber codiciado penetrar en el corazón de la doncella, huerto precioso y sellado, cuya fragancia podía tener sin quitarle su sosiego ni hollar las flores de su pureza.

Sintió, entonces, que la gracia del recuerdo de su esposa le invadía, dejándole como un aroma de virtud, mitigándole la sed de su carne. Ya gozaba este hombre la costosa paz de sus encendidos y vedados anhelos; ya se anticipaba la alegría, serena y resignada, de un cumplido sacrificio; y Laura, ya era hermana amparada, y no perseguida por su amor.

La huérfana se había inclinado sobre la madre; y en su descuidada actitud de rendida tribulación, de santísima entrega al culto del cadáver, perfilábase toda la hermosura de la silueta femenina alumbrada de cirios.

Para arrancarse el dardo de la tentación, que de nuevo le punzaba, apartó Luis hidalgamente sus ojos de aquella espléndida vida manifestada al lado de la muerte.

Y salió.

Desde fuera estuvo escuchando. Se oía un gemir apagado, un habla rota por sollozos...

...Nacía el alba.

Martina y el criado, avenidos por el paso de la muerte, contemplaban juntos el solitario casal del cabrerizo, y sentían, sin saberlo, una felicidad cálida de camaradas, platicando de augurios, de difuntos, de condenados aparecidos y de almas llenas de celestiales resplandores.

Del establo comenzó a salir apretadamente el ganado, entre un temblor idílico de esquilas y balidos, y el ladrar de los mastines, que saltaban y se derribaban, fingiéndose medrosos, bajo las finas patas y blandos corpezuelos de los recentales.

En Alcera, se pronunciaron muchas palabras de lástima y alabanza a la memoria de la infortunada señora muerta; y después hablose más de la soledad, de la riqueza y hermosura de la hija.

Las gentes picoteras y tracistas, hallaron paño que cortar imaginando lo que a la huérfana había de acomodarle. Ya la sacaban o la quitaban de su apartamiento, y ya la extrañaban, enviándola a otros lugares, porque, ¿qué haría en Alcera mujer tan moza, sola, principal y tan esquiva...?

Se lo preguntaron a Bernardo Suárez, amigo familiar de Luis; pero Suárez no lo sabía.

Y no teniendo noticias acabaron por no apetecerlas, o se cansaron de aguardarlas. Los de Alcera se cansaban de todos y de todo.

Quieren decir algunos muy doctos y sabedores de la vida, de la anticuaria y hasta de la prehistoria de esta ciudad, que lo agostadizo de los propósitos y lo veleidoso de la condición de sus pobladores se debe principalmente a su vecino el Mediterráneo.

Pero no había certamen, festín ni ceremonia, sin que todos los oradores no le dijesen mil lindezas al mar latino, llamándole: «senda gloriosa», «cuna de la libertad», «vehículo de la civilización», y otras excelencias y virtudes entreveradas de otros piropos de la galanía: «mar siempre azul como los ojos de sus mujeres», «mar siempre risueño», también como los labios de esas mismas mujeres.

Aplaudían los alcerenses; se quedaban mirando y mirando el mar. Luego, alzaban los hombros, y tampoco hacían caso del Mediterráneo.

El más claro y firme documento de ánimo tornadizo de estas buenas gentes nos lo facilita la crónica de la bendición de «primeras piedras».

En Alcera se colocan dos o tres primeras piedras todos los años, aunque no hiciese falta, ni tampoco se hiciesen nunca los edificios bendecidos en su origen.

En estas solemnidades hablaba siempre Bernardo Suárez, que se transfiguraba, que se exaltaba de modo que su gesto, su talante y hasta los pliegues y orillas de su levita ostentaban la línea gallarda de las estatuas de los tribunos. En tanto, el señor obispo, empuñaba el reluciente palustre, y una garba de autoridades ajábase a codazos la decrepita ropa ceremonial y pisábase enfurecidamente el calzado nuevo, afanosos los buenos varones por acercarse a una mesita y firmar el acta, que había de ser sellada, emplomada y sepultada.

Tardes después paseaba Suárez por el lugar de su gloria, del que había de huir sin gustar apenas la voluptuosidad de la melancolía, porque los rapaces de peor crianza de Alcera, solían hacer de esos parajes yermos campo de sus pendencias y descalabraduras.

En el Casino, los camaradas de Suárez le tenían siempre rodeado para escucharle. Todos se maravillaban de que no abriese las alas y se marchase a Madrid. Y parece que él nunca apeteció ese gustoso tránsito, bien hallado en el provinciano sosiego con su bufete consultísimo y la gerencia de un periódico publicado a expensas del senador lugareño, hombre rollizo, sordo y flemático, de cráneo mondo y mustio como si se lo doblase la pesadumbre de sus cavilaciones. Y era un señor muy bueno y muy sencillo, que no pensaba en nada, sino que se holgaba y divertía mucho contando sus pasos, y, después, miraba si mentía o no el podómetro que siempre traía en su faltriquera.

Su ama de llaves -pues el senador estaba célibe y sin familia- solía decirle:

-Si lleva el señor aparato que le apunte los pasos, ¿para qué ha de contarlos también el señor?, ¿no le parece que sobra uno u otro...?

-¿Uno u otro? ¡Uno u otro... u otro... u otro! -repetía el patricio, abatiéndosele más la cabeza, como si meditase cuál de entrambos podómetros sobraba.

...Uno u otro... uno u otro, dos; uno u otro, tres; uno u otro, cuatro...

A Suárez se le acataba en la ciudad tanto como al senador; pero la más rendida y tierna sumisión la recibía de su hermana.

Llamábase Águeda.

Águeda Suárez era una doncellona humilde, enjuta, silenciosa y fea. Y fea sin motivo, porque ni su frente pálida, ni sus cabellos negros, ni su boca delgada, ni su nariz pequeñita y sus tímidos ojos, ninguno de sus rasgos, separadamente, podían incluirse en el dictado de la fealdad, y hasta imaginándolos en la faz de otras mujeres, habríamos de confesar que quedaban beneficiadas. Pues en Águeda, no. Acaso fuese por alguna misteriosa mengua de armonía; quizás por el apocamiento de su expresión y la delgadez de su figura... ¡Quién sabe si por la rudeza herpética de sus mejillas! Pero por eso, no; que ella había visto mujeres razonablemente hermosas, como la Vicaria de las Clarisas de Alcera, que padecían ese mismo mal de la piel... Entonces, Señor, ¿por qué... era fea?

Y Águeda se angustiaba y lloraba mirándose al espejo y no explicándose la razón de su fealdad. ¿Notarían algunos hombres, por ejemplo, Luis, que tanto gustaba de fijarse en todo, la escondida injusticia cometida en ella?

Todos los dones de talento, de gallardía y fortaleza fueron otorgados a Bernardo, quedando la hermana escasa de ánimo y de cuerpo; pero, lejos de envidiar y malquerer al favorecido, le amaba y reverenciaba por sus perfecciones, y pensando en él y contemplándole venía a extasiarse y maravillarse, como otra Santa Catalina, cuando por grande y especial favor permitió el Cielo que se mostrase a sus ojos un alma en estado de gracia.

* * *

Estaba Luis en su retirado estudio, acabando el dibujo de un palacio monumental para un concurso de arquitectura en Lima, cuando abriose la puerta, que era de arcaica riqueza, comprada a una Comunidad de religiosos, y apareció Suárez.

-Ahora vino Laura en su cochecito, y afuera la tienes hablando de convertirse en labradora. También está mi hermana.

Todo lo dejó el arquitecto y salió bromeando con Bernardo, porque súbitamente se había avivado una llama de alegría en su alma.

Laura y Librada conversaban y reían con graciosa infantilidad.

-¡Ya verás -le dijo la última a su esposo-, ya verás qué propósitos tiene esta criatura!... De veras que me río por no pegarle.

Vio Águeda a Luis, y apresurada y confusa pasose su pañuelo por las palmas de las manos para enjugárselas. Es que le sudaban fríamente.

Saludola Luis, y la pobre mujer sintió que se estremecía toda su vida. ¡Oh, al lado de este hombre postrábase su corazón con acatamiento dulcísimo! Y cuando recibía su mirada o su palabra, aunque nada más fuese para darle las gracias por unas zapatillas de terciopelo bermejo, como múleos de cardenal, que nunca se calzaba el arquitecto, o por una cigarrera bordada de imaginería y cañutillo, la humilde doncellona subía a la más alta bienaventuranza, y sus entrañas quedaban abrasadas de santos rubores. Le parecía que se le iba deshaciendo blandamente la vida como un aroma encima de ascuas, y que se transformaba toda en nube olorosa, y sólo le quedaban los oídos golpeándole con tanta fuerza, que le dolían mucho, como si dentro de ellos tuviese el corazón encerrado.

Y apartaba sus ojos y su pensamiento de Luis, y acogíase a la dulce intimidad de Librada, mujer sencilla, de belleza serena que no le avasallaba como la hermosura de Laura. ¿Por qué había de acordarse siempre de Laura?

Luis miraba ahincadamente a la huérfana. Estaba más pálida, adelgazada por los lutos, pero su boca era una flor encendida, y en sus ojos asomaba la intensidad de su vida interior. ¿Cómo sería al besarla, al surgir, al desvelarse toda su vida como una luna que se desnuda de nieblas y se ofrece sola, toda y castísima en el cielo?... No lograba Luis ungirse la posesión de esta mujer. Y el misterio de su excelsitud y de su goce le angustiaba; y apetecía y buscaba su padecimiento.

-Luis, Luis -gritábale Librada-, nos deja Laura, se hace campesina; y toda esta mudanza es por su *Corderita*... Quiere más a su ahijada que a nosotros... ¡Hasta sabe de memoria las oraciones que dice esa rapaza!

-Si no son oraciones -le interrumpía riéndose Laura.

Y en lo íntimo de esta risa pasaba una ondulación vehemente y un temblor de sollozo.

Ya no ardía en Luis el contento inocente y expansivo de antes; exaltábase su sangre y su alma por una inquietud placentera y tormentosa de duda, de misterio. Era *ella*, la presencia de esa mujer, sencilla y velada, clara y honda como noche lunar...

Después, contemplando las dos mujeres, mitigose la violencia de su amor, acaso porque se repartía, como un río herido, entre las dos hermosuras.

A su lado percibió un suspiro.

Águeda, olvidada, labraba las cifras de un mantel.

Para distraerse de sus encontradas ansiedades, acercose Luis a la humilde, y le celebró los primores de su bordado; y ella, temblando de gozo y de sofocación, inclinó su cabeza, y sus dedos quedaron ociosos.

-Siga, que quiero saber cómo se hace el milagro de esos realces.

Entonces, el corazón de Águeda lloró desconsoladamente.

Haciendo esas labores adornábase su figura de delicadeza y donaire, de que ordinariamente carecía; notaba como el goce de la exaltación del sentimiento femenino; entonces debía parecer más delicada y suave de líneas, más mujer; sus manos aleteaban blancas, leves, acariciadoras como dos pichones. ¡Ay, Señor, y no podía ahora sentir el halago de sí misma, el saberse admirada y deleitarse en el gustoso rubor que debe conmover a la mujer más hermosa; no podía seguir bordando... sin manchar el damasco y las sedas de aquel mantel de Librada con los sudores de sus manos!... ¡Tan enjutas, tan limpitas que estaban, y bastó el requiebro de Luis para que todos los poros de sus desventuradas palmas se abriesen y manasen!...

La protegió Librada, diciendo:

-Ven, Luis, para que Laura te cuente sus propósitos.

Aunque ya eran sabidos, Bernardo llamó a su hermana y despidiose con exquisito comedimiento. Águeda le siguió resignada, dócil, muy triste.

Cuando estuvieron en la calle, Bernardo murmuró secamente:

-Mujer, ni sabes hablar ni sonreír siquiera, ¿en qué piensas?

- III -

Librada torció la llavecita de la lámpara, y se encendieron tres uvas de luz bajo pámpanos de cobre de un tostado color otoñal.

Sentose después al lado de Laura; y sonriendo a Luis le indicó que escuchase los peregrinos pensamientos de su prima.

Turbose la huérfana adorablemente. Esperaban que hablase. ¿Qué podía decir y cómo había de decirlo? De su madre aprendió a reprimir y a esconder la más leve vehemencia; y ahora había sido arrebatada declarando un deseo de mucha sencillez, pero que acaso fuese demasiado significativo para Luis. En la soledad de su apartada casa quiso marcharse a su «masía», y este deseo le parecía va de mujer antojadiza por el apresuramiento en el decirlo y por el apetito de cumplirlo.

Era la primera vez que salía desde la muerte de su madre. Librada le había pedido que viviese en su hogar; y ella negose tenazmente. Amaba su casona. Leía libros de devoción de la muerta; miraba y guardaba conmovida sus ropas, sus retratos antiguos de jovencita, sus joyas, sus cartas de recién desposada; rezaba y conversaba de recuerdos con Martina; arreglaba pulidamente la sala familiar, y su dormitorio olía a claustro florido. Pero en esa paz, ¡qué íntima voz le conturbaba y la divertía de su piadoso y filial recogimiento!, ¡y sus párpados se entornaban, y la pincelada de oro de sus cejas se fruncía con el mismo enojo que Luis le sorprendiera una noche estival cuajada de estrellas y de aroma de jazmines!...

Y esa tarde súbitamente decidió apartarse más; vivir de modo rústico y descuidado, rodearse de las inmensidades de los cielos y de montañas fragosas, que desde aquí veía azules y cegadas de nieblas; acompañarse de sus árboles, de sus rosales, de su viejo *galán de noche*, que escalaba la terraza retorciéndose y en lo alto tejía un estrado fragante; y por las tardes saldría con sus corderos y la rapazuela rubia como la miel, que ella llevó a bautizar en la parroquia aldeana, su *Corderita* que, cuando vino este año a pedirle aguinaldo, balbucía una oración coplera llenita de disparates deliciosos, que le recordaba las de su niñez, dictadas por la vieja Martina. La de su ahijada era más linda... ¿Sería capaz Luis de no saberla, de no habérsela oído a esa criatura?

Necesitaba que su soledad fuera grande, viva, luminosa, de naturaleza, no la fría, estrecha y apagada de un edificio asomado a fábricas y muros y solares yermos.

Mas, esa mudanza de retiro, ¿no significaba cansancio del que ahora tenía, y no le prometía el hastío del que deseaba? Laura se reprochaba ya su visita.

-¡No te irás, no te irás! -decíale su prima-. Si rechazas nuestra casa, te buscaremos un hotelito cerca de aquí, frente al mar; si lo quieres nuevo arquitecto tenemos que hará maravillas.

-¡No te canses; he de marcharme, y me marcharé! -le porfiaba la huérfana, hablando tan intensamente, que Librada y Luis la miraron intranquilos.

Su prima le tomó las manos; las descansó en su regazo, acariciándolas con sus dedos, en cuya palidez escintilaba una purísima constelación de diamantes. Y atrajo su busto y la besaba con esa graciosa terneza que tanto cautiva la mirada de los hombres.

Luis no osaba disuadirla, porque no podía hacerlo con la lealtad de su mujer, ni alababa su designio, porque menospreciaba la farsa.

Y callaba; y verdaderamente las adoraba mirándolas. Ellas cifraban para él la cabal emoción del eterno femenino. Laura era el amor excelso, afincado, costoso, cuyo presentimiento hería y desgajaba por lo intenso de su goce hasta las más hondas raíces de su vida. En Librada hallaba una belleza y una felicidad resignadas, mansas y quietecitas como claros remansos. Cumbre y llanura deleitosas y amadas eran estas mujeres. Más alta, delgada y misteriosa, entre los negros velos de la orfandad, tornaba a parecerle la «prohibida», pero todavía más tentadora para las imaginaciones fervientes que penetran y adivinan entre la austeridad de los lutos toda la esplendidez y blancura de la carne casta, florida y placentera.

Luego, miró a su mujer; y le contentó y le envaneció poseerla, y noblemente se entretuvo en el pensamiento delicioso de su goce y amor.

Vinieron amigas de Librada; y Laura se despidió. Pero como su coche no había llegado, ofreciose Luis para acompañarla; y ella lo consintió mostrándose serena.

* * *

Vivía Luis en la calle más ancha, más alumbrada de la ciudad. Todos los edificios eran altos, vistosos, relucientes; algunos, opulentos, y de ellos, modernistas y todo, con bravísima fauna y flora de cemento armado.

Las aceras, amplias y rociadas; los andenes, plantados de acacias redondas, que ya rebrotaban y hacían pensar en los árboles grandes y libres de los campos; la abundancia de luz y la amenidad y tentación de los escaparates y vitrinas de las tiendas, todo era incentivo para que allí acudiese la escogida juventud y el patriciado de Alcera; y acabada la labor de los obradores, era de ver y oír el revuelo y bullicio de costureras y menestralas.

Hacía la gente en su paseo un largo y trabajoso rodar de andaraje, cuyos arcaduces desbordaban alegría de la mocedad o goteaban lentas palabras de vejez, risas, malicias, todo envuelto de olores de peluquería, de drogas, de telas, de esencias, de distinción y muchedumbre, y todo traspasado de un azuloso vaho de polvo y resplandor de focos eléctricos; y entre la malla alambrada de los fanales se golpeaban y morían enloquecidas las pobres libélulas.

Muy recatada iba Laura, y apresurábase por llegar a sitio más solitario y obscuro, pero aun así alzábanse muchos brazos de elegantes para destocarse y saludar, trazando una preciosa rama de parábola.

-¡Cuántos te conocen, Luis; pareces el señor Obispo!

Dejaron esta feria caudalosa de empleados, licenciados, mercaderes, señoritos baldíos, militares en asueto, graves varones aburridos, mujeres que hablan de galas y devoción y se estremecen bajo las miradas del hombre. Y Laura y Luis se internaron en otra calle angosta y sosegada, y desde esta humildad veíase el estrellado cielo de más pureza y hermosura. Cruzaron después una plaza desierta y muy triste, que tenía una fuente de pozo de viejo brocal y cuatro álamos blancos. Desde aquí se percibía la húmeda y ruidosa respiración del mar dormido en la negrura. Las luces de las linternas de los vapores y de los fanales de los faros del puerto bajaban retorciéndose por las aguas.

Había llegado para Luis el instante propicio de acercar espiritualmente su vida a la de Laura. Desde que salieran, hablaron escasas palabras y todas vanas. Luis se había prometido confesar a la mujer vedada sus escondidas ansiedades, y cómo sin menoscabo ni ofensa del amor a la esposa creía amarla a ella por esposa ideálica.

Las risas y charlas de las gentes, el aturdimiento, la fugacidad de la calle poblada y elegante, habían sellado la boca y aun deshicieron las vehemencias de Luis. Y, ahora, la esperada, la codiciada ocasión de descansar su amor diciéndolo, viéndolo él mismo y entregándolo con la vida de la palabra, el precioso momento también se consumía dentro de un silencio hendido con sus palpitaciones que se oían. Y caminaban más de prisa.

Como era muy espesa la obscuridad y el piso muy rudo de piedras, los leves pies de Laura tropezaban y se herían. Dudó Luis algún tiempo si ofrecerle el sostén de su brazo; y al cabo lo hizo; y oyose su voz tímida, torpe hasta parecerle ajena.

Y todavía quedó más atado de timidez cuando con el enlace de sus brazos, se fundió, en dulce llama, el cálido pulso de sus vidas.

¿Es que degeneraba su delicadeza en cortedad, o verdaderamente era hidalgo y honrado resistiendo la tentación de convertirse de custodio en amante? Decíase que el favor que, para su gusto, le deparaban la soledad y la noche trocaría la palabra de más acendrada modestia en palabra de audacia y de pecado.

Luis creía que amar a Laura y aun codiciarla, con la alteza que imaginaba, delante de su mujer era menos culpable que decirle sus anhelos caminando solos y lejos de ella. La misma Laura habría de repudiarle como a un galán que enamora y amartela, prevaliéndose de sombras y fuerza.

Más exenta de amor o más señora de sí misma, venció ella el silencio, diciéndole:

-¿Qué tienes? ¿Es que te pesa que sin quererlo te haya arrancado de tu estudio?

-Laura, no. Yo no voy callado por egoísmo; tú lo sabes.

Subieron por calles hechas de muros de fábricas cuyo negror estaba taladrado de ventanitas luminosas. Sonaba un profundo ruido de aceros trepidantes, de viejos rodeznos; y los pavorosos monstruos de las chimeneas exhalaban un encendido humo que se espesaba ondulando y nublaba la constelada noche. Una caldera de gas parecía una araña inmensa, fabulosa, inquietadora, agarrada vorazmente al cielo; entre los palpos y antenas feroces de los garfios temblaban desnudas las estrellas. La rueda hidráulica de una fábrica de paños giraba muy despacio abrumada de cansancio y lamentos.

Lejos, se oía la fresca y sosegada palpitación del mar encima de la costa.

Volvió Luis a reprocharse su apocamiento. Pero escuchose, y supo que el dolor que padecía por huir de confidencias deleitosas no era de cobarde, sino de sacrificado. Y se complacía en su sacrificio.

Este agrado, bueno y perdonable, trenzose pronto con el pesar de la llegada. Ya pisaban la vereda abierta en la hierba de los solares cercanos a la casa de Laura.

Luis, gustando el amargo contento de su templanza, de su abnegada nobleza, apetecía y aguardaba que una frase de la mujer, que un impensado suceso, algo que no fuese su misma voluntad, su misma palabra, le sirviera de medianero de amor.

Ya se habían apartado sus brazos. Llegaban. Y mofose de sí mismo. No, no fue un custodio heroico, sino un simple rodrigón, un *Don Otáñez*, un pobre hombre que cautela sus íntimas perversiones.

Acogioles Martina murmurando de la tardanza.

Laura pasó a la salita de la mirada. Y, animado de un delirante ímpetu, la siguió, y en el umbral se detuvo; y mientras la huérfana desenguantaba sus pálidas manos, Luis le dijo:

-Yo he podido padecer; he logrado sacrificarme caminando en silencio a tu lado; pero no tengo la grandeza de olvidar y de esconder mi sacrificio... Tú ibas entregada a mí; y yo había de guardarte hasta de mis palabras. ¡Dime si adivinaste mi padecimiento!

Ella le miró con dulzura; sus brazos se alzaron graciosos y adorables para desprenderse sus velos de luto; y después le tendió su mano de luna, iniciando la despedida.

Luis exclamó arrebatadamente:

-¡Dime que los dos padecimos! ¡Parece que me entregas la mano para subir a la hoguera como dos hermanitos mártires!

Y sucedió que el hombre-mártir no subió a la santa hoguera del heroísmo, sino a la suprema delicia de besar a la amada en los cabellos, en los ojos y en los labios cerrados y fríos como la boca de una muerta.

Huyó Luis, injuriando, maldiciendo su flaqueza, su vana hidalguía, y saboreando el recuerdo de la boca besada.

La huérfana se recogió llorando en su dormitorio. ¡Oh, Señor, por qué recordó entonces que una noche muy lejana vio a su padre acostado sobre este mismo suelo, con la frente vendada y una hebra de sangre bajándole entre los ojos!...

Mucho deseó, pero mucho temió también Luis la efusiva reunión de este día. Cumpleaños de su mujer. Estaban invitados Bernardo y su hermana, y la presencia de ellos y la plática de todos le dejarían aparecer más sereno que hallándose solo con Librada y Laura después del hurto de los besos.

Vinieron muy temprano los Suárez. Y Librada los llevó en seguida al estudio del arquitecto. Negábase a entrar la humilde doncellona, temerosa de distraer y enfadar al artista. Y su amiga porfiaba que pasase, que ese día no le era lícito encerrarse a su señor marido.

Asomó Luis para recibirles; y en aquel punto vibró un timbre y el arquitecto, él mismo, cruzando apresuradamente la antesala abrió... ¿Por qué había salido?

Y apareció Laura.

Enrojeció Luis; fuego sentía hasta dentro de los ojos, y ni su barba espesa, negra y bellida le quitaba que se descubriese la arrebatada color de sus mejillas.

No se dieron las manos. Ella saludole levemente pero sin desabrimiento; y al desceñirse su rebociño de pieles perfumadas y tenderlo a Martina, anticipose Luis y lo tomó; y recibió su fragancia, y apartándose hundió su boca en la finísima prenda.

Pero no se recató tanto que no sorprendiera Laura esa inocente caricia, y estremeciose sintiéndola en su carne.

Lo mismo que la lejana noche de la mirada, desde la noche de los besos se prometió y trazó severamente todas las futuras palabras, sin imponerse el continente artificioso de mujer ofendida, pues ella se veía más pecadora que Luis, y quiso castigarse y remediarse vedándose el ir a casa de sus primos. Pero pronto alzose su entredicho juzgándole vano y que para ella misma probaba escasa confianza en su firmeza.

Cuando llamó, angustiose notando el frío de su repentina palidez; y asustose de la palpitación de su costado viendo a Luis.

Tuvo miedo, y preguntó ansiosamente por Librada para ampararse en la pureza de su cariño.

-Librada está con Águeda y Bernardo en mi estudio; ven - le dijo Luis, sintiéndose ya interiormente sosegado.

Todos juntos vieron la miniatura o maqueta del palacio que había de ser enviada al concurso de Lima.

Contemplaba Luis a Laura y a Librada, que se comunicaban muy despacito las bellezas sorprendidas en los rasgos graciosos y atrevidos de los quiciales, en la prodigiosa delgadez de las columnas, y le preguntaban si podrían quebrarse esos juncos de mármol cuando fuesen de veras; y miraban los relieves de los frisos, y querían que les explicase la razón de algunas figuras; y cuando con los ojos le decían su embelesamiento y alabanza, el artista gustaba la infinita recompensa de creer en sí mismo. Y como la felicidad es generosa, acercose a la hermana de Suárez y le pidió tiernamente su parecer.

Estremeciose Águeda recibiendo el don de la palabra de aquel hombre; sus pobres manos se humedecieron como dos baldosas de patio hondo: sus labios sonrieron mostrando la palidez de sus encías; y no pudo decir nada.

Luis apartose de ella sin haber recogido la ferviente adoración de esta alma.

Después conversaron del viaje de Laura.

La huérfana les contó entusiasmada sus preparativos para la heredad. Muchos años, más de seis, pasaron desde su último viaje; desde que bautizó a *Corderita* y plantó con piñones un pinar en sus macetas de la solana, y va la rapaza traía ropitas de mujer, que en Pascua había venido con brial, basquiña y pañuelo de campesina, y era la primera en la Costura; y ya los pimpollos de pino, transplantados en tierra honda y fresca, daban sus sombras como si fuesen árboles, y le contaban que hacían también sus canciones y rumores de miedo muy formalitos por cualquier capricho del aire, y que olían a piña y todo.

Librada quiso que su prima dijese la «oración de la lunita» de la ahijada. Y Laura, riéndose, salió a los balcones del estudio, que estaban unidos haciendo un voladizo mirador encima del huerto, y quedó sobre un fondo de oro de sol, en cuyos jubilosos resplandores se glorificaba su cabellera.

Porfiaron todos que había de rezar lo que Librada le pedía, pues era su fiesta, y muy fácil el agasajo con que podía regalarla.

-¡Pero si es en valenciano, y yo apenas puedo pronunciarlo!

Todavía insistieron más.

Y Laura tuvo que obedecer; y como niña seriecita que da lección, fue diciendo:

La lluneta es ma padrina;
ella en fa cos i camisa,
me la talla i me la cus
para el día del bon Jesús...

Y se detuvo rogando que la perdonasen de lo que quedaba.

Y como no la perdonaban, sonrió y suspiró, volviendo a ser chiquita.

El Jesús ja no la vol
perqué té corona d'or
anramada d'aspinetes
San Jusep pinta casquetes
i convida a les monchetes.
Les monenetes a la Seu...

Escuchábala Luis con íntimo goce, sorbiendo ávidamente ese tosco relato coplero que, pronunciado por Laura, se purificaba de su rudeza, y las humildes palabras tomaban un ritmo, un gusto y aroma de sencillez de antiguo romance, y recibían la gracia y el perfume de la amada boca...

> *...de la Seu a Magdalena*
> *ballarém la Tirintena;*
> *tots els peixos de la mar*
> *tota eixirán a ballar;*
> *el més xicotet de tots*
> *balla, balla més que tots;*
> *l'agarrarém de la cuéta*
> *i el durém a Tortugueta,*
> *de Tortugueta al mercat,*
> *Vorém allí un pobre gat*
> *arropit en un forat...*
> *Pase una, pasen dos,*
> *pase la Mare de Deu de Agost...*

Los dedos de Laura imitaban donosamente la danza de los peces; con la filigrana del meñique hacía la del pececito más menudo, y así iba acompañando todos los simples desatinos de la «oración», que no pudo acabar porque la acallaron las caricias de Librada.

-¡Oírte, es oír y ver a la mozuela, pero más linda!

De súbito quedaron silenciosos, lastimados de una transición dolorosa de la huérfana.

Después, esforzándose, enjugose los párpados, y sonriendo, dijo:

-¡Qué bien se llora cuando se siente una muy niña, muy nenita, como si creyera de verdad que «la lluneta es ma padrina»!

Y doblose su alma bajo el recuerdo de la madre muerta.

Las rosas y ramas de heliotropo desbordando de los azafates de plata; las gardenias escondidas sabiamente dentro de las servilletas, cuyo damasco se apoderaba del perfume para dejarlo después en los labios; la elección de los vinos, el aliño de los mariscos y de todos los manjares, todo fue obra primorosa de las manos de Librada.

Esta mujer, fina y pálida como una princesita de cuento, aparecía esa mañana fuerte, hacendosa como una madre labradora.

Laura fue quien alabó más dulce y ardientemente la excelencia de esos cuidados, besándola muy alborozada en las mejillas y en la garganta, que era su beso predilecto. Tristezas de orfandad y peligros de amor habían huido o estaban mitigados, sintiéndose rodeada de la buena alegría de los corazones y de la hermosura y claridad de la mañana. Si alguna vez quedaba rota la risa de la huérfana, todos la divertían discretamente. Hasta la misma Águeda participaba de la plática, porque apenas se enlaciaba la doncellona, un golpecito de la rodilla de su hermano le advertía que, por lo menos, se riese. Y ella se reía. Trajeron el helado, y no se atrevió a servirse mucho.

Hablaba Suárez con ese ingenio retozón y fácil de meridional dichoso y gustosamente ahíto; y Luis picaba en sus murmuraciones con delgada burla.

El periodista le acometía riéndose.

-¡Qué sabes tú, hijo mío, de las gentes ni de la vida! ¡Tú podrás hacer maravillas en el cemento armado, con el hierro y el mármol y todo lo rudo y enorme, pero cuando tomas un corazón entre tus manos, se te desliza y escapa porque tienes miedo de apretarlo para no hacerle daño!

-¿Qué es eso de escapársele el corazón porque no lo aprieta? -protestó Librada-. Sepa que tiene muy apretado el único que necesita, y por cierto que no se le queja de ningún mal...

La huérfana, muy encendida, se entretuvo mirando y acariciando las sortijas de su prima. Y Luis le replicó a su amigo, exaltado ya por el goce de la palabra, por la generosidad de las rosas y de los vinos, y de la belleza femenina y de la visión del cielo, que era un lago azul hendido, de tiempo en tiempo, por las vivas y blancas navecitas de los palomos de su huerto.

-Si por la pesadez y grosería del cemento armado, del hierro, de la piedra, mi tacto se ha entorpecido hasta el punto de no saber tocar en los corazones, vosotros, los que habláis y escribís, debierais ser linces para llegar a las almas por la fineza de la pluma y de la palabra. Y, sin embargo, también se os escapan de entre los dedos muchos sentimientos. Escribir debe ser de las artes más costosas y divinas. Para mí se parece a la respiración de algunas bocas groseras o al aliento delicioso de algunas mujeres...

Y Luis dijo que lo mismo que algunas bocas trascienden a cordero, a berzas, a reproches de digestión, y otras alimentándose de manjares, que no son precisamente los de las diosas de Homero, sino que también están hechos de verduras y carnes cocidas en nuestros pobres hogares, luego respiran una fragancia de frutas y flores, una suavidad y delicia que sólo por el aliento nos prendamos de algunas mujeres, así los que se mantienen espiritualmente de libros y de emociones, luego dan el aliento a sus páginas que saben y huelen a la colación que antes han engullido, o dejan un aroma del escondido jardín de las almas y de la vida, porque trasfundieron el mantenimiento a su sangre, como hizo la mujer hermosa dándole el perfume de sus entrañas...

Laura y Librada se contemplaron ruborosas, y sus corpiños ondulaban por la dulce inquietud de su pecho. Recordaban que una tarde confidencial de primavera, hallándose en el huerto, se dijeron:

«Cuando besas das olor de jardín». «¿Yo?» -había contestado sonriendo Laura-. «¡Pero si debes de ser tú, porque huelo a rosal cuando me hablas o te beso!...».

Angustiose Águeda. Era llegada la despedida y notaba un húmedo frío en sus manos. ¡En cambio le abrasaban de secas y de herpes sus pobres mejillas!

Por la calle, Bernardo le decía:

-Yo no comprendo cómo recibimos invitaciones ni agasajos de nadie. ¡Contadas podría tener las palabras que has sabido decir! ¡Y todas qué desustanciadas! Pues hija, así no medraremos. Y mira: no comas tanto pan, que eso es muy ordinario. ¿Me oyes?

No, no le escuchaba Águeda, porque sólo atendía al recuerdo de Luis.

Dejola su hermano en el portal, porque él había aún de hacer su rendimiento al señor senador. Águeda fue subiendo los escalones muy despacio, muy despacio, y murmuraba:

-Comimos huevos rellenos..., un pescado muy grande y blanquísimo con una salsa de mariscos espesa, que me parece que tenía leche; después, perdices tapadas con hojaldres; espárragos; cabeza de cerdo; bueno, pero cabeza de cerdo... -Y llamó a su puerta- ...cabeza de cerdo, yo no quise; helado de frutas; dulce; fresas con vino rancio... No..., no hubo cordero ni las berzas que dijo Luis...

Pasó a su dormitorio apresuradamente, palpitándole de ansiedad todas las entrañas. Sus manos le quemaban de tan finas y enjutas. ¡Ahora, Señor, ahora estaban secas!

Llamó a la criada, que era una aldeana zahareña y recia, y contole la primorosa comida.

La fámula la escuchaba pasmada, golpeándose las nalgas, brincando y relamiéndose.

Y la doncella acabó preguntándole muy afanosa:

-¿Hueles a jardín?, ¿verdad?

-¿A cuál jardín?

-Mira; ven; acércate a mi boca; más... Digo si ahora, cuando hablo, cuando respiro, si no percibes un olor como de pomo de perfume de esos que gasta mi hermano, un olor de ramo de flores.

La moza llevó su nariz a las encías, al paladar de Águeda. Y desde allí dentro, gritó:

-¡Caray, pues no señora!

SEGUNDA PARTE

- I -

«Muchos me han dicho, y yo estuve muy cerquita de creerlo, que mi espíritu era de un heroísmo y firmeza que me hacía superior a casi todas las mujeres. Y tanto he pensado en mi singularidad, que algunas tardes me ponía triste, muy femenina, imaginando, y subiéndolo a las nubes, el sacrificio de mi retraimiento de señorita delicada, romántica y lugareña. Entonces cambiaba mi vida por una vida newyorkina de mujer zancuda y flaca, con máquina de escribir en vez del bastidor de bordar, lentes, un fieltro hincado en el moño por un agujón como una espada y un traje liso y cortito, y tomando los tranvías a codazos. Como no me agradase esa figura ni fuese tampoco justa con lo que de mí decían, dábame yo otra de mujer snob, extranjera o española, es igual, opulenta excéntrica y hasta hermosa, una Diana o una Minerva moderna, según les parece a los feministas y a los antifeministas; y mira, Librada: viéndome audaz y resplandeciente y sabia modificábame tanto que ni siquiera me gustaban los chiquillos.

Más ruda y más esquiva que en ese pueblo debo de parecer en estas soledades, y sin embargo de estas condiciones de miss, yo te confieso, digan lo que quieran de lo *extraordinario* de mi temperamento, que todo lo más que puedo hacer y conseguir de mí, es una buena muchacha maestra de escuela de Atalajas. Atalajas es la villa más importante de estos contornos; hay párroco y vicario.

A mí me tiene loca mi ahijada. ¡Sus padres se quejan de que no sea chico! Yo no puedo oír sin enfurecerme esa blasfemia, porque esta *Corderita* tiene las gracias audaces de los muchachos sin perder la delicadeza de las niñas. Les he prohibido que lo digan y les he prohibido que le griten. ¡Gritar a un pequeñuelo! Estos no, pero hay padres que les dicen a sus hijos chiquitos palabras atroces de rabia, como si fueran ya grandes los pobrecillos... ¿Lo comprendéis vosotros?».

En la siguiente carta, escribía Laura:

«Estos parajes han cambiado mucho en seis años quejo no los veía. Aunque los medieros lo contaban cuando iban a Alcera, en vísperas de Pascua de Navidad para llevarnos sus aguinaldos de finitas de cuelga y un pavo cebado, tan enorme como una persona gorda emplumada; -¿te acuerdas, Libradita, que le teníamos miedo al pavo del "Hontanar"?- nunca imaginé tan cerca de este retiro mío la ventana por donde puedo asomarme al mundo, un mundo de criaturas ricas y elegantes, pero enfermas y desgraciadas: un Sanatorio.

Delante de mi huerta comienzan los pinares de Vallmirra. La vida y la fama del Sanatorio son muy recientes, pues mientras vivió el conde, su antiguo dueño, estos bosques, estas sierras y estas aguas, sólo fueron condado de Vallmirra.

El párroco de Atalayas, que ha venido a visitarme y agradecerme que siga yo dándole el vino dulce para la celebración de todo el año, como hacía mi madre, me va enterando de la historia del conde y de su señorío.

El señor conde -me dice- era de genio súbito y terrible. No es que fuese un malvado: tenía su "pronto". Después, no era ya nadie, y bromeaba y hasta haba un cigarrillo con sus labradores. Una noche, porque llamó tres veces y no se le presentó ningún criado, cuando éste quiso acudir, ya salía el amo arrebatado de furia llevando en su mano una pistola vieja de sus abuelos que estaba oxidada y sin balas, y claro, como los tiros no salían, arrójesela al pobre hombre y le descalabró.

Y dice este bendito capellán que tenía su "pronto", y que después ya no era nadie. ¡Pues qué había de hacer *después* que no lo hubiese hecho antes!

El señor conde no tenía amigos, sino vasallos. Las hijas mocitas de sus labriegos temblaban viéndole aparecer por una senda.

Ya adivinará usted -dice el buen capellán- por qué le tendrían tanto miedo. Ni sus faldas ni la sotana que yo traigo me permiten más palabras.

Y el señor cura, que es viejecito y gordo, a fuerza de inocencia, de reservas y de ponerse muy colorado, resulta, sin querer, muy malicioso.

Otro día me refirió el casamiento del conde con una pobre mujer que siempre estaba asustada, descolorida y llorando. La subió a su cumbre -suele exclamar el párroco-, nada más que para crucificarla... En fin, ¡Dios tenga al señor conde en su santa gloria!

Mucho más quería contarte, pero hablemos de nosotras, o no hablemos de nada, porque parece que ya es demasiado escribir, y que esto sea un recurso contra mis ocios de la soledad. Y no es cierto. He venido muy contenta, y bendigo mi propósito, le juro que no me aburro, aunque Martina murmure que estoy cansada y arrepentida de mi traslado. Sólo tú me faltas. Mañana no te escribiré».

Librada sonrió, pensando lo mismo que Martina; y al día siguiente también hubo carta de la apartadiza doncella.

«...Si no fuera una impertinencia, yo le devolvería a Bernardo Suárez el periódico que puntualmente me manda. ¿Piensa ese señor que yo necesito las noticias de Alcera? Su hermana me escribe compadeciéndose de mí. ¡Por Dios, Librada, júrales que se engañan! No quería escribirte para probarte que puedo vivir en la soledad enteramente incomunicada; pero me arrepiento de mi soberbia y egoísmo.

Mi *Corderita* y yo vamos todas las mañanas al hontanar, y allí desayunamos y bebemos el agua a medida que brota del nacimiento. Ven y cantaremos las tres "la lluneta es ma padrina...", y cogeremos fruta de los mismos árboles, que parece que sabe a sol, a brisa, y hasta las abejas le ponen miel de sus colmenas. Dicen que todavía están muy ásperas y verdes todas las frutas. Estas gentes campesinas son muy regaladas para lo suyo, como nosotros lo somos para nuestros gustos de cocina. Yo te aseguro que nada más oliendo los frutales recibo alegría y me parece que toda la naturaleza está en mi heredad; y mordiendo una ciruela temprana me vuelvo tan rapaza como *Corderita*. ¡Y pensabais que me cansaría, y aun vuestras cartas vienen llenas de malicias y de compasión por mi destierro! Agradezco que Luis ni se burle ni me tenga lástima.

Lo que yo siento es que los campos que me rodean no sean todavía condado o residencia solitaria del conde, pero sin él. Debieron tener antes otra hermosura más profunda y salvaje. La sobrina heredera de este noble y grandísimo solar ha sido una vulpeja para los negocios. Vendió muy bien la herencia, y una empresa yanki ha trocado el señorío en sanatorio. Estas sociedades o compañías extranjeras son de una omnipotencia encantadora; lo mismo hacen maquinarias que salud... Pero me parece que esto que digo es ya saber más de la cuenta. Yo no sé qué me pasa que me vuelvo muy Habladora cuando te escribo. A la sobrina del señor conde casi la aborrezco, y que me dispense, por su fea codicia. Estos bosques, que serían bravíos y libres como los del Paraíso de nuestros primeros padres, están ahora muy podados y los han abierto para hacer avenidas enarenadas, donde hay bancos de piedra que llevan el nombre de algún médico famoso o amigo que aconseja estas aguas y este hotel a enfermos ricos. Las fuentes, que antes correrían entre peñas y hierbecita haciendo ese estruendo, o ese rumorcito de palabras de encantadas que nos hacen sentir mejor el silencio del campo, las pobrecitas fuentes tienen ahora su grifo terrible con llave y guarda jurado, y tubería que llega a los baños de pila y a las inhaladoras americanas, y allí han de curar con mucha obediencia y método y horario los males del hígado, de los bronquios, el reuma, la tisis... ¡Ay, Librada mía, yo no sé cuántas cosas curan!; lo que sí veo, son pobres gentes secas, dobladas, amarillas, de ojos tristes, muy hondos, como si los tuviesen cavados, que andan muy despacio buscando el sol, oliendo los pinos, bebiendo agua sin gana; ¡beber agua como una medicina, con repugnancia, sin mirarla, ¡Dios mío!, yo que brinco de gozo cuando me acerco al nacimiento y la bebo mirándome en ella y entonces me encuentro más buena, más feliz y... ¡guapa y todo!

¡Da lástima ver estos pobres bañistas andar despacito, muy desdichados, al lado de los parientes que se trajeron para que les acompañen y cuiden, sanos y alegres! Yo, algunas tardes, salgo con Martina, y paseando llego a los pinares del Sanatorio; y, mira: si encuentro alguno de sus huéspedes taciturnos, me finjo, sin querer, hasta lisiada de las piernas, o toso y cruzo hipócritamente las manos. Ellos me miran, me miran. ¿Estaré demasiado gruesa y colorada?

La única memoria y rareza que todavía queda del señor conde en estos lugares, es su sepulcro. Se lo hizo cavar en vida dentro de una peña rojiza y pelada que sale a la mitad de un monte; en la cumbre hay un árbol muy viejo que se tuerce, inclinándose como para mirar al nicho; y debajo, con letras hechas en la roca, dice: "Exclusivo del Excelentísimo señor don Venancio Rendueles y Torres-Montano, conde de Vall de Mirra". Sólo en andamiaje se gastó un caudal el egoísta difunto. Tenía mandado que luego de subido al sepulcro, incendiaran toda aquella máquina de madera, que fue desmontada sin arder, y al antojadizo caballero no lo pusieron en su "exclusivo", sino bajo la tierra humilde y blanda del cementerio, porque a los amigos capellanes de la sobrina les pareció muy pagana aquella sepultura, y que eso era de egipcios, y además de una ruin vanagloria. La Empresa que después compró su señorío maldijo los escrúpulos de la heredera y de sus consejeros; y el párroco de Atalayas asegura que mediaron dádivas para lograr que desenterrasen el cadáver del conde y lo subiesen a su peña, porque *eso* daría una peregrina solemnidad a estos lugares. Un paseo más. No fue posible; y yo lo siento. Pero me consuela que en el hueco del nicho han anidado dos águilas, y es muy hermosa la compañía y la emoción que esas aves me traen volando sobre el paisaje...».

Después de leída la carta por Librada, se la tomó su esposo; y leyéndola para sí mismo y recreándose en la gracia y firmeza de sus trazos, aparecíasele la figura de la doncella entre los sutilísimos rasgos de la firma.

-¿Verdad que las cartas de Laura no son como las de otras mujeres? -le dijo Librada, dejándole prendida la delicia de su respiración en la rizada barba.

Conmoviose Luis oyendo, casi adivinado, su pensamiento; y el elogio que antes había imaginado de la amada quedaba ya vestido de pureza sólo por la confirmación que Librada había hecho. Y la besó en sus cabellos.

-¡Si tú quisieras, Luis! -le dijo la esposa, pagándole los besos con un dulce revuelo de sus labios sobre sus ojos y su frente-. ¡Si tú quisieras...! -le repetía, suplicándole muy donosa y débil, como niña que acaricia pidiendo que la ferien.

-Yo sí que quiero...

-Que nos fuéramos; que le diéramos una sorpresa a Laura.

-¿Y ella querrá que vayamos y le quitemos su independencia? Mira cómo en sus cartas se enoja porque no creéis que le guste y quiera estar tan apartada.

-Por eso, por sus cartas -le repuso riéndose Librada-, comprendo que no quiere tanta soledad; y no se incomoda con nosotros, sino con ella misma para persuadirse y engañarse.

-¡Entonces, vamos al *Hontanar*, que yo también lo estaba deseando!

Y se abrazaron, sentándose la esposa infantilmente en las rodillas de Luis. Besábanse con alegría ruidosa, y él la bendijo gozando su alma resplandores y paz de inocencia, porque amaba a la huérfana como se quiere a una hermanita, sintiéndose comunicado de la castidad y sencillez de Librada.

II

«¿Para qué habré venido?», se decía Luis inquieto y hastiado.

Y como naturalmente era escrupuloso y se escuchaba y pulsaba sus escondidos pensamientos, arrepintiose de aquellas palabras. No, no había venido para buscar ni lograr nada, sino por una exaltación generosa y limpia de su vida. Y mucho tenía, pues delante de sus ojos se le presentaba toda suya la inmensa mañana estival.

Y quedose Luis pacificado y contento.

La hacienda de Laura dilatábase por un ancho alcor, blando, dócil a la azada, todo hecho bancales de tuerta húmeda y feraz. Estaba la casa en medio de un jardín de senderos abogados de herbazales, jardín bravío, impetuoso de ramaje, querencia sosegada y deleitosa de abejas y gorriones. Después de las cercas de zarzas y varasetos rotos, seguían las tierras oliveras y de labranza de la heredad, que bajaban mansamente al camino del valle, hasta los mismos hitos del condado.

En lo remoto aparecía la llanura de júbilo del Mediterráneo, y desde su ribera subían las montañas, tenebrosas de pinares y carrascas en sus cañadas, y raídas, limpias en su eminencia, haciendo sobre el cielo un purísimo y místico contorno de cúpulas.

Hacían amplio ruedo las montañas, todas de nombres evocadores y sonoros para oídos extraños, pues los indígenas escuchaban: «Sien de oro», un monte rubio en su cumbre.- «Fin del estrado» -sierra ancha, que después de sus raíces y oteros, tenía una peña de figura de cojín con dosel.- «Campana azul» -una sierra lejana, zarca y aguda.- «Tajo de Roldan» -una montaña abrupta, con la cima hendida; y así iban escuchando y diciendo, sin encanto de la palabra, sin noticia de la leyenda ni cuidado de saberla, y finalmente sin el goce de imaginar «la doncella de las sienes doradas», la gentileza de la dama que se sentaría en su «estrado roquero», el tañido eterno de luz de la «campana», y el estrépito y clamor del paso de Roldan, que enfurecido por sospecha de celos o por enemigas memorias, o cualquier poquedad de su escudero, empuñó el tajante y desportilló la cumbre de un fendiente, y cogiendo la astilla de peña, de hechura de cuña, la arrojó, lo mismo que un pastor suelta un guijarro. Y el peñasco cayó en el mar; y sobre la tranquila haz de las aguas asoma hecho islote, tan rojo, que parece un enorme carbón encendido, y toda su orilla se riza de espuma, como si fuese del hervor que levanta esa piedra de fuego.

Contemplándolo estaba Luis bajo la blanca lona de la terraza, y se recreaba con la memoria de las peregrinas fábulas que de toda la serranía tejió Laura para contarlas a su ahijada.

La marina ardía gloriosamente de sol; cerca de la ribera temblaban anchas gotas de lumbre, qué alguna vez se apagaban hundiéndose dentro del azul, y a poco, rebrotaba su resplandecencia cegadora.

Lejos, las ultimas sierras, delgadas, lisas, de humo, penetraban en las aguas. Encima del cabo de la costa, aparecía blanca y diminuta la silueta de un faro; y más rendido en la orilla, perfilábase un torreón dorado y roto, que si fue castellar vigía de alguna almofalla, ogaño es criadero de ostras de un señor de Alcera.

Luis, antes que lírico era técnico, y como los que profesan alguna disciplina académica o científica suelen ver y gozar la naturaleza especialmente, y cuando más desasidos de su oficio se juzgan, están pensando profesionalmente, Luis, en presencia de la mañana agreste y magnífica, separose de las leyendas y volviendo los ojos a la cumbre del «Tajo de Roldán», tendió una gentilísima puente en aquella tendedura de tan limpia traza sobre el día, y puso un palacio cimero de un estilo armónico con la grandeza que le rodeaba; y fue imaginando todo el plano. ¡Oh, qué mansión para Laura y Librada y para él!

Muy lentas, grandes, rendidas, estremeciendo el azul, llegaban de otros horizontes las viejas águilas. Se alzaron. Durante un momento estuvieron altas, quietas, cerniéndose. Después, bajaron cansadamente a su nidal del sepulcro.

Mirando el aleteo de las aves sobre el peñón, parecía percibirse una onda de viento calentado por sus vidas, un temblor y estrépito de garras, y la fascinación de sus pupilas llenas de Infinito.

Laura y Librada aparecieron con dulce sigilo al lado de Luis.

Y él volviose; y recogiendo la miel de las dos miradas que le sonreían, murmuró:

-¿Tenéis la certeza de que en esa sepultura de la sierra no hay nadie enterrado?

Ellas se hicieron graciosamente las pasmadas y medrosas.

-¡No, no os asombréis ni os riáis de mí, que lo pregunto con mi cabal entendimiento! ¡Acaban de entrar las águilas, y es lástima para el viejo conde que, entre sus huesos, ya limpios y dorados, no críen esas aves sus polluelos!

-Para bien de ellas -repuso Laura- el noble caballero reposa en la tierra humilde de ese cementerio que asoma allí, en el camino, entre esos algarrobos tan grandes, y todo verde de dondiegos y malvas.

Las dos mujeres pasearon por la terraza mirando la inmensa llama rubia y azul del mar. Laura hablaba mucho de su *Corderita*.

Luis quejose de no verla.

-¡Gracias a Dios -exclamó acercándosele la madrina-, que te interesas por ese ángel! ¡Estabas tan remontado siguiendo las águilas!

-Pero que suba; decídselo vosotras.

-¡Si está peor, Luis! ¿Aun no lo sabes? ¡Toda encendida de fiebre, y ahora le daban una rebanada de pan con aceite tan grande como una muela de molino! Yo pude quitársela.

-¡Entonces -dijo Luis, levantándose de su butaca de mimbres-, vamos nosotros a hacerle compañía!

Ellas premiaron sus palabras tomándole gozosamente de los brazos; y así le llevaron al piso bajo, que era la casa de la familia labradora.

El amor -pensaba Luis- debiera tener siempre esta alegre, pueril y descuidada inocencia que hasta comunica a la carne una felicidad, una infancia buena que es como la que perdimos, mejor aún, porque aquel goce fue ciego, y en estos momentos sabemos que somos inocentes y alegres, que somos niños...

Amor que algunas veces seca por egoísmo el alma, otras la colma de ternuras de generosidad. Luis vio a la niña protegida de Laura retorcerse de padecimiento, y llenose de angustia y se abrasó en lástimas de caridad como nunca había sentido.

-¿Dónde vas? -le dijeron Laura y Librada.

-¡A traerle un médico que la remedie!

Y desapareció entre los frutales. Laura le vio después saltar el vallado, pasar la era, anegarse en el alto y maduro cebadal, y perderse entre los primeros pinos de los bosques del Sanatorio.

III

El pinar olía calientemente. La tierra resbaladiza y mullida de maleza tierna y de pinocha prometía a Luis un regazo de silencio y delicia, amparado por el ramaje oloroso que alguna vez se movía y resonaba como un bordón estremecido por los dedos de la brisa del mar. A trechos caía una hebra de sol. Bajaba la luz toda de oro, alumbrando el trémulo vuelo de pobres insectos, los hilos de plata de las arañas; y descansaba la luz en el suelo, ensanchándose, alborozando el humilde y escondido nacimiento del renuevo de un árbol, y el fatigoso tránsito por una piña vana de una hormiga terca y rapaz, cargada de un grano de simiente.

Notó Luis que sus primeros ímpetus misericordiosos habían enflaquecido, que la llama de su caridad temblaba oscilando como si la doblase y venciese un vientecillo cargado de emanaciones de vida amplia, placentera, que quitaban todo recuerdo de angostura y apagamiento de enfermedades y tristezas. Y para mantener su propósito, que antes era dulcísimo y arrebatado porque naturalmente fluía de su corazón, tuvo que acudir a la idea del deber.

Necesitaba al médico. Lo buscarla. Lo arrancaría de donde se hallase para llevárselo a Laura.

¿A Laura? ¡Pero si la enferma era la niña pobre y campesina!

En un claro redondo del boscaje, había un banco de piedra liso como un ara. Detrás, colgaba de un tronco un rótulo que decía: «Asiento del Doctor...». Los trazos del apellido desaparecieron bajo un rudo manchón de pintura verde. Debía de ser de los bancos que esperaban nuevo bautismo por muerte del sabio de la medicina que le diera nombre; y el Consejo de la empresa necesitaba elegir entre los doctores y propagandistas de las termas.

Allí estaba sentado un anciano caballero, muy grande, fuerte, de barbas blancas, gruesas, copiosas, en cuyo cándido oleaje verdeaban dos ramitas de pino doncel que le salían de las fosas de la hidalga nariz. Sus pies descansaban sobre sendas piedras anchas y peladas, y sus brazos se alzaban y caían en vuelo solemne.

Luis le saludó maravillado de su figura y de su actitud. El caballero del banco le contestó meneando la cabeza.

Sumiose Luis por una avenida atondada en la arboleda, que de trecho en trecho parecía ensangrentarse de rojos macizos de adelfas. La menuda grava recibía una tranquila doración de buen sol.

Sudaba, se abrasaba andando muy de prisa, pero a la niña enferma la recordaba como si estuviese lejos y la hubiese visto en época distante. Corrió más.

Los paseos y andenes se hallaban muy poblados. En todas las gentes veía el mismo andar y gesto de cansancio, de hastío, de viajeros que esperan un trasbordo. Todas aquellas voluntades dependían de un Horario termal. Y luego: seis vasos de agua caliente sin sed, como decía Laura. ¡Oh sed, fuente tú misma de placeres! Un kilómetro al sol de la mañana; otro al de la tarde; recibiéndolo en la espalda como una flagelación o una carga.

Halló al médico en el parque, conversando con un enfermo muy flaco, de color de aceituna su piel y su gabán, todo rugoso, su carne y la ropa; inquieto, y estridente de risa y de palabra.

Era el doctor un mozo enorme, pregón humanado de las excelencias del establecimiento. De todas semejaba haberse apoderado él solo. Con frecuencia había de acudir en socorro de sus pantalones, que se le resbalaban por la crasitud de su vientre. Un perro danés del mayordomo del hotel, andaba siempre al olor de sus faltriqueras buscándole orejones y pasas, que el médico recogía de los fruteros y vasares de la despensa.

Le dijo a Luis que ya le conocía de nombre; y no era verdad. Y consintió en acompañarle.

Caminaban por el comienzo de una longuera del bosque, cuando el bañista del verde gabán, ahogándose de tos, dándoles cigarrillos y prendiendo el suyo, les dijo:

-¡Pronto, a fumar, que viene *Moisés*!

Y apareció el caballero del banco. Sus barbas le volaban, dejándole su blancura encima de los macizos hombros; su abrigo, vasto y negro, se le abría hinchado por la brisa; traía un quitasol verde bajo el brazo, y los espejuelos, cerrados, pendientes de una cinta, resplandeciéndole sobre el estómago; las ramas de pino todavía le colgaban de la nariz, como hierbas de gárgola; y en las palmas venerables de sus manos sustentaba dos piedras, como el Padre Eterno o Carlomagno, pero soportando dos mundos.

Fijose en los fumadores, y sus pupilas fulminaron una condenación implacable:

-¡Y la pureza del bosque que se haga la santísima!

-Para lo que a usted y a mí nos queda que vivir -le gritó riéndose el otro.

Recrujió la arena del paseo bajo los zapatones de cuero de Moisés, y desdeñoso, y solemne, alejose entre la fronda y su enemigo le siguió.

- IV -

Cuando abrían la cerca, hallaron al labrador que iba en su busca para avisarles que su hija abrasaba y deliraba de fiebre, ensanchando los ojos que daba espanto.

Pasaron a la alcoba.

Un perro largo, flaco, velludo, se puso al lado de la niña, mirándola, mirándola.

Laura ayudó a desatar del vientre de la ahijadita una piel vieja, podrida, que le había puesto el abuelo a hurto de todos.

El abuelo siempre se curó de sus dolores de vejez con el calor y virtud de ese pellejo de liebre. Él, en su mocedad, la había matado con su carabina de guarda del condado; la desolló, empapó el cuero en la sangre humeante, y después lo dejó que se orease, clavándolo en un muro del hastial. ¡Y ahora el médico decía que habían de quitárselo y traer nieve, que toda la enfermedad la tenía en la cabeza!

Salió murmurando con su mastín; y desde unas sombras de la entrada escuchó que ya no había remedio para *Corderita*; y vio que su yerno le miraba con aborrecimiento porque no se moría él.

Librada llevose a Luis, enjugándole el sudor de sus cabellos y de su frente.

Laura quedó en la casa de labranza, disponiendo todos los cuidados. Pidió a Martina sábanas y cabezales limpios y finos, que los de la rapaza eran ásperos, morenos, llenos de cicatrices y recias costuras de muchos remiendos, como que los hiló la madre para su casamiento. Sahumó los cuartos y hasta las alacenas; entornó las ventanas y puertas; todo lo vigilaban sus ojos y lo tocaban sus manos de santa, acariciando y ennobleciendo las mayores humildades del pobre menaje.

Ya las cámaras, las ropas, el arca, las paredes y escudillas olían a limpieza. Las gallinas se acercaban al resquicio del portalazo del corral, y desde el peldaño se asomaban con mucha prudencia y comedimiento y no hacían sino mirar a la señorita, pero sin atreverse a pasar, como siempre solían.

Todavía las bellas manos cerraron más los maderos, mitigando y templando la luz sin permitir el agobio y tristeza de lo obscuro.

El único rayo de claror llegado entre los árboles del huerto, se deshacía sobre el cráneo calvo, enorme y rudo como una peña, del abuelo; y dos pedazos de sol, que desbordaron de su frente, inflamaban el hiscal que tejían sus dedos de oso.

El mastín, acostado como un caimán, reposaba su cabezota encima de las esparteñas del viejo, y sus pupilas doradas, húmedas y fieles, seguían con humana atención el paso leve y gracioso de Laura.

En la casa sólo se oía el aliento, duro, de padecimiento de la niña, y un zumbido de abeja.

Recién bañado, aspirando el perfume de sus hombros y de su cuello, que le dejaron las manos de Librada al curarle frescamente del ardor del camino, contemplaba Luis el paisaje desde un sillón de la solana. Y el deleite del descanso, y el contento de su fortaleza, y el sosiego, la lumbre y hermosura del apartado mar y de los campos, que aparecían velados por un humo azul de la clara y gloriosa hoguera del día, le exaltaban el goce de su salud y agrandaban la sensación de su vida, de su carne, de sus ropas, pareciéndole que la mañana olía también a él, a colonia, participando de su limpieza. Gozaba de la salud hasta objetivamente, como si la viese efigiada en la sierra, en la marina centelleante, en el *galán de noche* que trepaba por los balaustres. Y ese deleite que le avivaba la sed de muchos, llevole al de apiadarse dichosamente de la infelicidad de los enfermos del Sanatorio y de la niña ahijada de Laura. ¡Esta mujer tan intensa y espléndida para el dolor, qué suprema ventura no daría cuando circulase la pasión por su sangre de diosa!

¡Para qué habría venido!

Y apenas se produjo en su alma este enojo de egoísmo, su alma avergonzada apartose de este pensamiento.

La voz de la esposa murmuró blanda y tímida en su oído, llegándole al corazón:

-¿Por qué me quieres si yo me veo tan débil y pequeña, y tú eres fuerte y hermoso como ninguno, y hasta me parece que estos campos te rodean sólo para que tú goces mirándolos?...

Entonces él la atrajo conmovido de gratitud y de amor, y la besó en la boca y en los párpados, cerrándoselos dulcemente. Ella se inclinaba encendida de rubores como recién desposada.

Pero de súbito la rechazaron los mismos brazos que antes la ceñían.

Laura estaba a su lado, inmóvil. Permaneció un momento callada. Después, apartando los ojos y sonriendo confusa, balbució:

-...Trajeron la nieve, y yo sola no puedo colocársela. Perdonadme que os llame. ¡Y hemos de esquilar a la pobre *Corderita* para que se la lleve la Muerte...!

Luis se había levantado, arrepentido de sus besos como si hubiese cometido adulterio.

Su mujer le miraba contristada. Y le dijo muy despacio y humilde:

-¿Por qué te dio vergüenza que Laura nos viese?

Luis lo negó; y quiso sacrificarse para consolarla de su aflicción de mujer miniada y pueril. Y hundió su boca en las negras y fragantes trenzas de la esposa.

Laura también sonrió, pero ahora muy pálida, como si el *sacrificio* de aquel hombre le hubiese exprimido a ella la vida...

Cuando se acercaron a la ancha escalera, subió un trueno de voces del padre y la voz angustiada de la labradora.

Bajaron atropelladamente pensando que la hija había muerto.

Corderita seguía delirando. Su boca de ascua sonreía, mientras sus pupilas se ocultaban torcidas en lo más alto de las órbitas. ¡Sonrisa de los niños chiquitines que se mueren locos de meningitis!

La pequeña sacaba su lengua anhelante como si quisiera refrescarse los labios; parecía masticar el aire de su resuello; hizo un ruido de palabras despedazadas.

Laura se inclinó para escucharlas. Y sólo percibía:

...ballarém la Tirintena...

Fuera mediaba Luis para acabar la pendencia del viejo y su yerno.

El labriego había ido al Sanatorio para traer nieve; y al retorno, le contó un pastor que se llamaba «Gorga», y era criado de Tomás el de La Olivera, que un hijo del amo estaba con el mismo mal de su chica. También el médico había mandado que le pusieran nieve; pero el «Zurdo», que era curandero y saludador y de tanto saber que ya había mercado hacienda en la solana, juró que él sanaría al chico con el agua que le diese. Y con dos bizmas y dos bebidas de esa agua mejoró tanto el rapaz, que cuando saliera con el ganado aquella mañana, dijeron que cantaba y berreaba pidiendo un nido de gorriones que había en la viga recia del establo.

Y el mediero del «Hontanar» se daba de puñadas, y maldecía al padre de su mujer, pues por el antojo del pellejo de la liebre, que lo buscaban de muchas masías del partido para el mal de ijada y de vientre, les vino la fisga y malquerencia del curandero.

¡Si su chica muriese, y el hijo de Tomás el de La Olivera se salvase, no pagaría el abuelo, ni desollado vivo!

Laura acudió para consolar a la mujer de aquel hombre que rugía y se maltrataba como un endemoniado.

-¡Si no muere el otro! -gritó el labrador llorando, mientras sacaba del fardel los terrones de nieve.

-¡Morirá, morirá lo mismo...! -dijo Luis.

Y entraron al lado de *Corderita*.

En las pálidas y trémulas manos de Laura brillaron las tijeras.

La madre alzó el cuerpecito de su hija, que se le doblaba sobre su pecho quemándoselo de fiebre.

La rubia guedeja de la frente cayó como una mies rota entre los dedos de Librada.

-¿Se morirá... se morirá el otro? -murmuró espantoso el padre.

Las almohadas se llenaron del oro de las trenzas. Y se oyó un quejido que decía:

la lluneta... es... ma padrina...

V

Por la noche volvió el mediero al Hotel para comprar más nieve.

Cuando regresaba, se apartó del camino, y entre el foscor del olivar, llegose a la masía del niño enfermo.

Estuvo acechando. Y asustose de oírse el latido de su corazón, que parecía traspasarle la espalda, penetrar en el atadijo de hielo, enfriándole toda su vida.

¿Se habría salvado?...

En la entrada se destacó la figurita menuda y ruin del curandero; después, la del padre. Conversaban muy despacio. Y al separarse, aquél dijo desde el portal:

-No cavile por el chico. ¡Dios proveerá!

Escapó el labrador maldiciéndolo. Llegó al *Hontanar* bañado de frío y de sudor.

Inmóvil y sumido en un negro rincón, el abuelo rascaba, dormitando, el lomo duro y cazcarriento del mastín. Y cuando la mano se cansaba, el hocico húmedo y helado del perro le subía por las rodillas buscando la caricia; y otra vez la mano se entraba por el vello áspero, surcado de cicatrices de mordeduras de perros feroces más grandes que él y de pedradas de hombres.

El mediero miró al perro y al anciano con aborrecimiento; avanzó su pie, calzado con esparteña costrosa de tierra regada, y sonó un golpe hondo, gordo, de carne y osamenta magulladas, de vida hendida, y el animal, sin gañir, se fue arrastrando, y escondiose bajo las piernas y el asiento del abuelo; desde su refugio, puso en el hombre que le pegaba su mirada de oro, buena y cansada. Dejó el yerno la nieve sobre las losas; cruzó sus brazos, y las huellas de sus manos mojadas se imprimieron en sus costados. De nuevo contempló al padre, que no osaba mirarlo.

La madre estaba exprimida, por el padecer; tenía los ojos como hechos de piedra, y las ojeras le bajaban ahondándole las mejillas. De rato en rato, rendía su pobre cabeza; luego la alzaba para mirar afanosamente la cama, una cama ancha, toda invadida, toda llena de dolor, y *Corderita* parecía más chiquitina, oculta entre ropas y almohadones grandes; nada más se le veía el pico de cera de su naricita que anhelaba; la cabeza esquilada, menuda, desaparecía entre los pliegues del lenzuelo de la nieve que iba manando, fundiéndose y calentándose al caer por la piel, y brillaba goteando en la palpitación metálica de las arterias del cuello.

Bajó Luis. En la entrada del cuarto halló al labrador; los huesos de sus mandíbulas temblaban y recrujían, como si tascase vidrios quebrados.

-Está igual -le dijo opacamente-, y el *otro* me pienso que está mejor...

Luego, volviéndose más, murmuró mirando al viejo:

-¡Ya que no se muere él, por qué no se marcha y se acuesta! Ahí estará. Ochenta años tiene. Por las noches suena que lo ahorcan; y todo el día, mientras yo ando en la faena, él se lo pasa contándole a su hija que le van ahorcando poco a poco; y quiere que lo digamos al capellán. No habla, mírelo, ni se menea, pero ni se acuerda de la chica, pensando en la soga. Diez años lleva haciendo soga, y por las noches se la siente en el cuello apretándole.

Una lágrima del viejo, espesa y caliente, cayó en el suelo; y el mastín la lamió, y alzó sus ojos.

Luis habloles dulcemente. Luis notábase muy bueno, penetrado del silencio y amargura de aquel hogar; le parecía que caía en su alma una lluvia de compasión, y su alma quedaba perfumada y suave; pero esta lástima, este perfume y blandeza tenían la delicia de los olores de las frutas, de la noche y de la hermosura femenina, aspirados, momentos antes, desde la mesa puesta en la terraza, al lado de Laura y de Librada. Era noche de luna. Los campos reposaban llenos de la pureza del cielo, que descendía encima de las aguas; y el mar parecía cuajado de luz delgada y pálida como la niebla.

El *galán de noche*, que invadía las cercas del huerto, desbordando por las bardas, aromaba delirantemente, y era tan intensa la fragancia, que semejaba ondular sobre el dormido aire, llenándolo todo como un perfume dentro de un aposento.

Laura y Librada hablaban despacito; y de tiempo en tiempo sus manos blanquísimas subían como palomas aleteando por sus gargantas y sus rizos desbordantes; y sus cabecitas se volvían hacia la inmensidad, cuyo tibio aliento invadía sus vidas, y suspiraban deliciosamente, mientras sus ojos se elevaban recogiendo mil lumbrecitas de la lámpara colgada del muro, y resplandecían en la humedad de una lágrima nacida del recuerdo de *Corderita*. Los tres se habían conmovido por la emoción de la noche y por un latido de misericordia. Se miraron. Y Librada le dijo a Luis:

—¡Te quiero más desde que te vi esta mañana caminando entre aquella hoguera de sol por socorrer a una criaturita que apenas conocías!

La mirada de Laura colmo también de ternura el corazón de Luis, que sorbió toda la gratitud sin acordarse de que sus cuidados fueran más por ella que por la niña; sentía la dicha purísima de la alabanza, como si honradamente la mereciera, y ahora se fervorizó de verdadera lástima.

Y entonces había bajado, porque *necesitaba* saber que sufría junto al padecimiento. Pero lo miraba y sentía a través de la deleitosa emoción de la noche y de las suavísimas palabras y gentileza de su mujer y de Laura, y todavía excitado de la eficacia regaladora de los vinos y manjares, cuyos sabores son muy recordados y placenteros, según confiesa el mismo Raimundo Lulio.

Y Luis sentíase muy bueno. La hosquedad del padre, la muda tribulación de la labriega, el abandono del abuelo, la miseria del mastín, el silencio, las tinieblas de la casa le resignaban blandamente Hacia la desventura con el recatado goce de saber que podía liberarse de ella.

Por las rudas paredes se cruzaban las sombras de la mujer flaca y espantada, del hombre como una fiera pavorosa puesta de pie, de un bieldo que le faltaba un diente y subía hasta las vigas, del perfil de la agónica.

A *Corderita* ya no le quedaba ningún rasgo ni gracia de infancia; resollaba como un cuero rugoso apretado cruelmente; se le ahondaba, se le plegaba la piel, adivinándose todo su esqueleto bajo la sábana.

Luis creía asfixiarse; tuvo miedo de morirse, y codicia, sed del húmedo y oloroso aliento de la noche, cuya belleza y amplitud presentía entre los encalados muros.

Salió, arrojándose en la gozosa paz del paisaje de luna.

La noche se mostraba hasta en lo recóndito de la serranía, de los árboles, de las sendas y de los confines, pero mitigadamente, como si fuese un día contemplado a través de un vidrio inmenso o de otro día empañado; era una noche que parecía guardada bajo un milagroso fanal. Y en el infinito sosiego burbujeaban sonecillos de insectos, quejumbres de los grandes pardales agoreros, y todo se oía muy lejano, muy apagado, aunque estuviese cerca. Luis aspiraba la noche como la respiración de una mujer. Y esta nueva delicia le trajo el recuerdo de la pobre alcoba, del lecho grande, de la niña que se estaba muriendo. ¡Todo aquello lo sentía muy remoto de la hermosura y serenidad que miraba! y pensó también en su desasimiento; su vida sería pisada por la muerte. La gran vida estaba hecha del sacrificio de todas, como un vino precioso. Se imaginó acabado, deshecho, olvidado; y encima de él pasaba la Creación inmortal; y proseguía la belleza de estas noches de luna, de tan intenso goce que contristan nuestra alma y la hacen pálida, traslúcida, perdida en la noche de luna.

Luis sintió bañada y fría su frente, como si la nieve de *Corderita* le rezumase por su carne.

Laura le llamó sollozando.

Salía angustiada de ver la niña que se estaba muriendo y padecía como un cuerpo fuerte y grande, de muchos años.

-Yo me ahogaba mirándola... Me contagié de su asfixia y de su muerte; y vine a respirar en la noche; y es tan inmensa, ola me veo tan débil y tan humilde, que lloro...

Se había acercado a él con la misma aflicción que traspasaba su vida. Eran sus lágrimas de presentimiento, de adivinación de la excelsitud de estas noches que se sucederían, que perdurarían, ¡y ya sin nosotros!

-¡Oh, Laura, en estos momentos desoladores somos más buenos que nunca. Te veo de claridad de luna, de dolor, carne de pureza!...

Y Laura, queriendo arrancarse de este goce de gustosas tribulaciones, exhaló:

-¡Y aquella vida pequeñita, tan reciente, que se está consumiendo en aquel cuarto sin luna, sin noche inmensa!

Y derramose su mirada en la hermosura.

Tenían las sierras un dulce blancor de rosa, como de gasas pasando encima de cuerpos desnudos. Los senderos se veían limpios, alumbrados, deslizándose con una soledad infinita entre árboles, cuyas cimas eran de plata empañada y verdosa, entre sembrados quietos, pálidos como estanques, y se veían todas las veredas muy finas y remotas penetrando en los aledaños, perdiéndose en un mundo de leyenda...

Laura quiso volver al casal. La siguió Luis, lento y callado.

Y en silencio se pusieron al lado de la cama.

La madre estaba inmóvil y rígida; la mirada del padre parecía seguir y espiar el paso cansado y penoso de la Muerte. Sonaba el mismo resuello grande, de padecimiento, y el mismo ruido de la garra del viejo rascando la piel velluda del mastín.

Laura aspiraba y sorbía toda la angustia mortal de *Corderita*, y le ondulaba por el pecho estremeciéndoselo. Volvía a respirar con obediencia irresistible y dolorosa a la respiración anhelante de la niña. ¡Agonizaba con ella! Se moriría... Y huyó.

Los brazos de Luis la ampararon bajo los olorosos árboles del huerto.

Ella levantó su pálida cabeza, mirando delirantemente el cielo. Quedó inmóvil, con las manos cruzadas, magnífica y trágica. En sus ojos se copiaba la luna, y en sus labios palpitaba una gota de luz. ¡Así estaría muerta! Había muerte sin fealdad, sin horror. La quería más que nunca. La veía envuelta en una santa blancura lunar, y el perfecto vaso de su cuerpo transparentaba toda la venustidad de su alma.

Sentía que penetraba en su espíritu y la gozaba en posesión sin pecado; él, sólo él había llegado al escondido jardín de su alma. ¡Qué importaba que otro hombre pudiese tenerla si él había gozado toda la virginidad de su amor!

Y se vio en las pupilas de la mujer, húmedas, ancuas, aterciopeladas, y en ellas se fundía, se perdía su mirada, como antes contemplando la grandeza del cielo. Y comunicábase a su carne el cálido temblor de la doncella, como una paloma asustada deja en las manos que la sujetan la palpitación de su vida.

Luis la besó. Y entonces era honrado, inocente y noble besándola.

Estaban bajo el trono fragante de las madreselvas de un cenador angosto.

Laura palpitaba toda de amor y sufrimiento. Veíala Luis muy blanca, adelgazada, levísima, rendida; y toda la hermosura y todas las tristezas que antes le conmovieron recogidamente, florecieron en la boca de la mujer; y sus labios la abrasaron...

Lejos, de lo hondo del casal salió un grito roto y aciago.

Aquel grito se apoderó austeramente de Laura.

Era un alarido de maternidad, de entrañas desgarradas.

Y salieron, evitándose, del dosel de las madreselvas, y fueron a la casa.

Los labriegos y Librada sostenían la espalda de la muerta, que aun tenía los ojos abiertos.

Luis y Laura no se atrevían a mirarlos, arrepentidos de haber gozado de las bellas tristezas de la noche, mientras esa mirada les buscaría apagándose.

Después sus ojos coincidieron en la figura de Librada, y vieron en ella un resplandor de pureza.

VI

Estaba naciendo la mañana, muy pálida, quietecita, blanda y húmeda de nieblas. Era una mañana recogida, reducida bajo un finísimo nublado; y había más quietud, más silencio que en la noche, porque no se oía ningún rumorcito ni cántico de esas menudas criaturas que viven al amor de las estrellas y la luna. Si alguna avecita osaba rebullirse, debía hacerlo muy escondida en los árboles o muy alta, entre las brumas, porque su canción sonaba apagada y breve. Todo semejaba aguardar que el sol, como una mano bondadosa de padre, se alzara y abriera las puertas del día; todo parecía mirar infantilmente hacia la cumbre de la lejana sierra oriental que se llama «Sien de oro».

Crecía la claridad sin perder su misterio. Seguramente el sol se había subido encima de la alta serranía, pero estaba velado de cendales de nieblas, porque todo el valle parecía un inmenso incensario que exhalaba un humo purísimo y espeso como de bendición y gracias.

Después, unos dedos de luz rasgaron el cielo; por sus delgadas heridas bajaron unas cuerdas o caminos vaporosos, cándidos y vivos y, al llegar a los sembrados, a la graciosa redondez de algún otero, a la retama de un yermo, se deshacían en oro tierno y jovial, que se iba esparciendo, y entonces los verdores más tenebrosos, los troncos más decrépitos, las piedras más rudas, todo lo tocado por aquellas hebras celestiales, adquiría una milagrosa juventud.

Y más hilos de luz vinieron a la tierra por los costados de los montes, y se devanaron por la amplitud del cielo tejiendo una corona inmensa y blanca. Muy lejos se descubrió un horizonte desnudo de brumas, azul y regocijado; allí, el campo estaba bañado del todo por la nueva lumbre, y manifestábase enteramente hasta en sus rasgos más sutiles: un álamo torcido, el ápice de la peña de una colina, el matiz de un cultivo, la silueta de una espadaña aldeana, toda esa vida y riqueza de perfiles que, después, cuando la mañana es grande, incendiada, vieja, quedan cegadas por la opulencia del conjunto, y parecen retraerse humildemente entre el vaho calinoso de la lejanía.

Cerca de Luis seguía todo dentro de un reposo y apagamiento crepuscular.

Sin rumor, ni palabra, ni perfume que le atrajese, volviose y recogió una dulce sonrisa de Librada, que venía entre los rosales del huerto.

-Llegas en los mejores momentos de la salida del sol. Y sin oírte me he vuelto para esperarte, porque necesitaba tu compañía.

-¿Dices que deseabas tenerme contigo?

Hablaba su mujer, haciendo un leve mohín de duda y queja de infantil donaire, y, sin embargo, conturbose el corazón del esposo.

-¿No crees que pedía interiormente que vinieras?

-¡Un poquitín que lo hubiese pedido también tu boca!

Y le miró mucho, riéndose venturosamente. Él la ayudó a subir sobre un travesaño del vallado, y enlazó su brazo a la gentilísima cintura, desceñida, casi íntima por la delgadez de la batista, traspasada de la deliciosa tibieza de la carne.

Librada tenía la palidez del alba; sus cabellos negros, apretados, recogidos onduladamente en la nuca, le daban un perfil de doncellita antigua y hebrea; encima de una sien conservaban la blanda presión de la almohada. Humilde y silenciosa contemplaba el paisaje; y al derramar su mirada por el resucitado confín levantino y por las haldas de la sierra santificada y como ungida de gracia y soberanía por la diaria salida del sol, sus dulces ojos, más grandes que los de Laura, se entornaban con bello emperezamiento, sumiéndose en la sombra deliciosa de sus pestañas, y Luis la recordaba dormida, casta y tentadora. La mirada del esposo descendió acariciando las mejillas femeninas, en cuyo suave contorno se hacía un finísimo y diminuto temblor de oro de luz en la pelusa de fruta de su piel, que iba apagándose en la garganta, donde la carne se fundía con blancura de almendra, mostrándose hasta el origen del inquieto misterio de su seno.

Ella sentía la llama de los ojos de Luis. La recibió toda en sus pupilas. Se humedeció la flor de su boca, y cuando parecía que había de hablar como mujer apasionada, dijo:

-Estaba mirando aquel pedacito de mundo iluminado, tan alegre y hermoso, y he tenido que dejarlo y *volver* a esta pobre tierra apagada, porque se me figuraba que tenía tristeza del otro cariño. Pues mira, para todo debiéramos ser así de buenos, que muchas veces nos olvidamos hasta de mirar lo más necesitado. Ya no tanto, pero antes me lastimaba de lo poquísimo que te fijabas en Águeda y en la pobre Laura... Ahora la miras más.

Sintió Luis un dolor ardiente en su alma; y su misma mujer le alivió y distrajo señalándole entusiasmada la cumbre de «Sien de oro». Toda se había sonrosado.

Sus miradas subieron por las escalas de ensueño de los rayos del astro. Desgarrose una nube de espumas, y apareció un pedazo de fuego que hervía dentro de su misma lumbre.

En la paz campesina se produjo un latido de germinación; las montañas, la llanura, hasta la hierba más humilde, todo tuvo una sonrisa, y parecía que fuese a prorrumpir en un grito de gratitud; y seguía la mañana dentro de un sagrado silencio, y el sol redondo, hecho ascua, entregaba un llamear libre, copioso, y el azul del cielo comenzó a fundirse con la gloria del mar...

Librada y Luis sintieron el caliente abrazo del sol, y en lo hondo de esa ardorosidad pasaba una deleitosa frescura de la tierra mojada del relente.

Se retiraron bajo los frutales, y el olor de sus hojas tiernas, de la fruta madura, de su sombra, les ofreció renovadas sensaciones de felicidad; y Luis creía que todo lo creado se le acercaba amparándole, regocijándole... ¡No parecía la misma Naturaleza de la pasada noche! ¿Cómo pudo creerla extraña, fría, ajena a nosotros, si era tan suyo, si estaba poseído de su fuerza y de su goce?

Laura les buscaba.

Y él vio que en los ojos de la huérfana se había espejado la alegría de los suyos. Y sin darse cuenta desciñó su brazo del talle de Librada.

Las dos mujeres se alejaron entre macizos de adelfas blancas; y él refugiose en la fresca penumbra de la entrada.

Del cuarto de la niña muerta llegaba olor de flores y de cera.

A poco le llamaron desde el huerto.

Librada le pidió que se acercase para hablarle. Laura parecía distraída. La rama doblada de un manzano le había dejado en la frente un tejido de arañas, y sus dedos jugaban primorosos con aquellas blandas hilas de plata.

Laura había velado toda la noche haciendo una corona y unas andas floridas para que su *Corderita* tuviese un entierro campesino, blanco, inocente, con rapazas amiguitas que la llevasen por la senda abierta entre las mieses. Y no era posible; la ahijadita se deshacía, y la madre la besaba, la tocaba, revolviéndola, descomponiéndola, pudriéndola más ella misma. Habían de quitarla de la casa. Se lo dijo Laura al padre, y este hombre desapareció. Estaban solos. ¿Iría él, Luis, con el viejo para llevarla al cementerio? El hatero de la heredad trajo de Atalayas la cajita, pero de maderas rudas, y Laura la había vestido de blanco...

-¿Irás tú?

-¿Pero es que yo necesito de tantas súplicas?

Y la huérfana, muy blanca y trémula, y mirándole tímidamente, balbució:

-Yo no me atrevía a quitarte de tu dicha hablándote de la muerte y haciendo que la veas...

La carretera se perdía solitaria entre árboles y calina.

Hundiose en el pinar, llegando hasta las tierras oliveras, y entonces, a lo lejos de una almanta, vio la silueta de un hombre, que fue destacándose grandemente sobre el azul de la mañana. Movía sus brazos como alas de un pájaro negro y oíase el ruido de los terrones destrozados bajo sus esparteñas.

Adivinó Luis que le saludaba, que le llamaba, haciendo una voz tendida, larga, de aullido.

Y reconoció al labriego del *Hontanar*. Su mano abierta, enorme, señalaba una masía nueva, de enjalbiego resplandeciente que cegaba.

-¡Ya está el otro! -gritó riéndose con ferocidad.

Y cuando se reunieron, añadió jadeando:

-¿No lo ha sabido? ¡Yo no paraba: de la cama de mi chica a La Olivera, y otra vegada y otra de la cama de mi chica muerta a La Olivera... Y al mandarme que me mandaron que había de llevarme a la hija, pues escapé aquí; y «Gorga», el cabrero que salía, me lo dijo: el chico ha muerto; y yo sin resollar pasé, y aun lo vide caliente!...

Atravesaron los bancales.

Ya cerca de la heredad, sus pasos y sus voces resonaron en el cuarto de la muerta.

Laura y Librada salieron asustadas, ansiosas.

Y ellos, sudados y rendidos, y atropellándose por anticipar la nueva, exclamaron:

-Ha muerto el del curandero...

-¡Los dos al mismo fosal!...

-¡Por fin, Señor! -exclamó la madre.

Después, el padre cargó sobre su hombro, como una cruz, la caja blanca y lisa. Y no pudo caminar... Fuerza le sobraba para llevar un ataúd con cuerpo grande; ¡pero es que oía a la hija removerse y sonar contra las tablas!... Y la dejó sobre la tierra del huerto.

Fue preciso acomodarla encima de un macho manso y viejo, que se volvía mirando con ojos húmedos y contristados las angarillas enramadas de murta y madreselva.

Delante iba el labriego con la jáquima de la bestia; al costado Luis; detrás, el abuelo seguido del mastín, calentando con la brasa de su lengua los recios y desnudos calcañares de su amo.

VII

La concupiscencia, el egoísmo, le hundían cautelosamente en el alma los dardos de sus reproches. ¿Para qué había dejado su estudio, los preparativos y trabajos de un posible triunfo en América? ¿Para qué había venido a la soledad campesina? ¿Qué hizo sino renovar el escondido padecimiento de Laura, pasearse a la sombra olorosa de las bóvedas de pinares, presenciar, ahora, la partida de los tísicos, que acabada oficialmente la época de su alivio, regresaban a sus tierras y hogares con algunos bacilos de menos en los esputos, según censura del macizo doctor, y sabiendo que debían de volver a esta vida de bosque disciplinada por rigores terapéuticos y de Empresa, y, finalmente, ver la agonía de *Corderita*?

El pinar terminaba; y vino la tierra ancha de los maizales y rastrojos, con sus sendas delgaditas, estrechadas todos los años por manos codiciosas para ganar medio almud de sembradura.

Lejos, a poniente, encima de un collado fértil, blanqueaba la hacienda de Laura.

En las comidas, y en sus lentos paseos familiares por la huerta, ya pronunciábase frecuentemente la palabra «regreso», que a todos traía la evocación gustosa y melancólica de la llegada, de los primeros días en que se trazaban excursiones y meriendas a una gruta, a una cumbre, a Vall de Mirra, que en la quietud y transparencia de la tarde asomaba, un momento, en la lejanía, el alborozo cristiano de su campanario blanco y agudo como un ala tendida o una vela de barca. Ni siquiera fueron al gollizo del Hontanar, origen y nacimiento del nombre y de las aguas de la finca. Nada de lo imaginado se había cumplido, consumiéndose el tiempo para Luis en un ocio lleno de inquietudes, y abrasándose en un amor que cambiaba de naturaleza y dechado, en un tránsito de pasión de la mujer vedada a la esposa.

Y todo el examen del interior de su vida que estaba haciendo, mientras bordeaba los bancales de maíz, quedó cifrado en una exclamación infantil y perversa: «¡Si tuviese padres, y hermanos... Y hasta marido, para yo amarla con ansias menos culpables, pues estaría más amparada!...».

Aquella tarde, antes de salir, habían estado Laura, Librada y él en una sala de muebles viejos, mirando retratos antiguos, conversando de los padres, y sintieron el contento de quererse, la felicidad de su unión, de la confianza de sus corazones.

Laura le había tomado su sombrero de campo, y le compuso y dio gracia a la lazada, y sus manos tocaron suavemente el fondo del blando fieltro, y acaso se llevaron prendido algún cabello de Luis y algo de la calidez, de la transpiración de su frente. Luego lo tuvo en su regazo. Y pareciole a Luis que las faldas, la copa y la cinta de su sombrero daban una expresión, un gesto de mala crianza, de gusto, de blandeza, por la caricia de aquellos dedos leves y pálidos.

Le distrajo una mata de acanto crecida en la orilla de una tierra regada. La leyenda del capitel corintio venció la dulce memoria del halago de su fieltro; y el enamorado tornose enteramente arquitecto, y ya no percibió sino las inspiraciones del egoísmo y de las virtudes de todo profesional. Sentose Luis en el margen del barbecho; y dulcemente, perdonando las asperezas de la espinosa planta, dobló y enrolló sus hojas. Imaginaba un nuevo y peregrino friso de ese ornato y traza de matas recogidas y otras cabales, con su espiga valiente y las hojas erizadas y tiernas. ¡Qué súbita ansia y alegría de trabajo! ¡Ahora apetecía el retiro de su estudio de Alcera, sintiéndose fortalecido y con el hijo artístico palpitándole gozosamente! Necesitaba gloria y fausto, y por complemento amor de mujer, pareciéndole que si fuese excelso entre todos los nombres, podía merecer lo vedado sin sumisión a la disciplina de la ética de los medianos corazones...

Las quimeras opulentas de las lumbres del ocaso le avivaron su prurito y sed de triunfo, de sensaciones ruidosas y grandes, quitado y pesaroso de la emoción del campo clara y tranquila, que parece que tuvo en los primeros días de su llegada. Ahora esta paz melancólica y agreste tenía para él apagamiento y amargura de renunciación. Se le abogaba el alma; y acusó a Laura que le había traído y le hizo sentir estas desesperanzas, estos toques gustosos y ásperos del deseo y el hastío sin el goce de la posesión.

Era el crepúsculo un maravilloso portal encendido de ascuas de nubes, y en lo hondo se veía como una gruta hirviente de colores. El azul del confín oriental se deshacía en plata sobre la cumbre morada de las sierras.

Y Luis contempló los remotos horizontes. Codiciaba trasponerlos todos y rodearse de otra vida lejana y desconocida, y en ella estaban también Laura y Librada, y eran suyas fuera de las tristezas de estos lugares que, como la ciudad, tenían angostura de cercado...

VIII

Librada quejábase de la sofocación y calma de la noche; y era una noche llena de estrellas clarísimas que hacían muy hondo el cielo, y de tiempo en tiempo aleteaba un aire delgado y fresco que venía de las montañas, oloroso de árboles; y llegaba también la respiración salina del mar entre pinares y huertas.

No tenía razón Librada, decíase Laura; en cambio ella se angustiaba del demasiado perfume; le dolía la frente; y esos olores que traspasaban como puñales, debían de ser de matas de dondiegos y de la bravía hierba del cementerio.

Y Luis pensaba que tampoco era verdad, porque estos olores expandían el alma, y parecían traer sensación de anchura, olores de árboles que se asoman desde las cumbres a la abundancia de otros valles y recogen algo de lo inmenso de otros horizontes y del mar. ¿Cómo este olor húmedo, generoso y bueno podía ser para Laura llegado de la profundidad y aridez de la muerte?

En cambio Luis oía un silencio de desolación, de ruinas. Y alzándose de la mesa, dijo:

-Esto no es quietud ni silencio de campo, sino de patio de alguna casa abandonada. Esta noche no se oye una copla de labriego.

Librada y Laura se miraron. ¿Acaso no recordaba que nada más hubo una noche de alborozo de gentes campesinas en la entrada y bajo los parrales, porque después había enfermado *Corderita*? ¿Sería capaz de no acordarse ya de que había muerto la ahijada?

Coplas sonaban, pero muy lejos, en una hacienda de la solana, precisamente la del curandero del otro chiquito enterrado.

Las dos mujeres las oían, y mirando a Luis le indicaban hacia lo remoto del valle, al otro lado del Sanatorio.

-Es verdad que cantan, pero no aquí, y parece que traigan más tristeza.

-Imagina, Luis -le repuso la huérfana-, cuánta no traerán para los padres.

Se asomaron a la terraza; y los vieron bajo el soportal de la vid, sentados en sillas de esparto, y al abuelo, en el peldaño y el mastín siempre a sus pies.

Subía un apagado rumor muy seguido, de rezos, que alguna vez se rompía, porque la familia labradora se quedaba escuchando la canción y bulla que llegaba de la regocijada masía, o porque el viejo había de despertar al perro que gañía y temblaba todo empavorecido, soñando que le zamarreaba su enemigo el *danés* del Sanatorio.

Después, acabado el Rosario, el abuelo murmuró:

-Lo de la chica:

La lluneta es ma padrina

Ella en fa cos i camisa...

Y la madre lo iba repitiendo muy despacio.

Y aquel zumbido del cuento coplero fue poblando el jardín, la terraza y toda la casa de la melancolía del recuerdo de las gracias y gritos de pájaro de la niña muerta.

Librada dijo sonriendo:

-¡Tan mustios y malhumorados estamos que ni nos agrada la noche, siendo hermosa, ni nos gustan estos olores de campo verde y fresco, y Luis se queja hasta del silencio del portal!...

Entró una ráfaga de la lejana alegría. En la balsa del huerto, de haz lisa, inmóvil, que copiaba un trozo de cielo estrellado, comenzaron a croar las ranas.

Librada siguió:

-¿No será todo el pensar en la despedida? A mí todo me parece muy distinto, muy extraño, porque en las otras noches esos rumorcitos que se sienten en los árboles, y la gotita de luz que llevan los gusanillos de la hierba, y esas estrellas solas que se marchan del lado de sus hermanas y caen allá en lo hondo, no sé dónde, todo lo creía tan mío, que a la siguiente noche aguardaba el mismo ruido del árbol, la misma lumbrecita del gusano y la misma estrella rodando por el cielo; pero esta noche pienso que todo seguirá aquí, mientras yo esté en mi salita de costura, y mi marido trabajando, que entonces tampoco puedo llamarlo muy mío que digamos...

Luis le respondió:

-Quédate con Laura, quédate más tiempo; yo me iré...

Le temblaban las palabras, porque las de su esposa habían derramado en su alma la amargura de la separación de esta casa, que ahora la sentía muy amada, y de la presencia de la huérfana, que había dicho que nunca volvería a Alcera.

Librada le miraba sorprendida.

-¿Que yo me quede?

Y Laura le pidió arrebatadamente que se quedase, y a él no le nombró.

Alzose Luis nervioso y violento, y acercándose al barandal de la terraza, hundió sus ojos en el paisaje, que se perfilaba en el misterio.

Percibió que lloraban las mujeres; volviose a ellas, y cuando se acercaba, las vio súbitamente iluminadas por una lumbre rojiza y siniestra, y vio su misma sombra agrandada, trepando por los muros entre espectros de ramas del huerto.

-¡Una hoguera! ¡Qué hermosa! -exclamaron todos corriendo hacia los balaustres.

Pero las llamas se alzaron anchamente. Oíase como el ruido de su voracidad. Los pinares destacábanse muy negros, y tejía su fronda un encendido calado, y el humo volaba haciendo un nublado denso que hervía y crepitaba de chispas.

-¡Fuego, es fuego! -gritaron los labriegos; y saltaron la cerca y vioseles correr al incendio.

Laura, Librada y Luis bajaron y salieron a la noche.

Laura avanzó mucho. Crujían las llamas, y su aliento calentaba los ojos, el cabello, la boca, el seno, las manos de la doncella; era un beso de fuego que recibía todo su cuerpo.

Caía sobre la espesa negrura de la arboleda un manto de lumbre torvo, ondulante, una amenaza de horror, que a veces llegaba y enrojecía la maciza fantasma del Sanatorio.

Librada y Laura se buscaron, se abrazaron espantadas, mirando fascinadamente el incendio. Y entrambas pronunciaron, al mismo tiempo, el mismo nombre: ¡Luis!

Luis se había alejado mezclándose entre las gentes huidas de la desventura.

Ardía el ejido de un casar del valle. Toda la ancha era estaba murada de almiares opulentos, apretados, de la cosecha paniega de la llanura.

-¡La perdición, la perdición! -gritaban los hombres, todavía sudados de la danza; y empuñaron horcones y bieldos, y acometiendo, derribaron fieramente los túmulos de fuego que se abrían mostrando sus entrañas de brasas.

Crecieron llamas nuevas y libres. Los campesinos semejaban forjados de ascuas. Y sonó un vocerío de espanto porque los almiares esparcidos derramaban el incendio en los rastrojos y en el roijal cercano a los bosques.

Luis ayudaba a llenar espuertas de tierra para arrojarlas al sembrado de ascuas. Se rendía, tragaba humo ardiente. Oyó gritado angustiosamente su nombre; y viendo a las dos mujeres sobre cuyos cuerpos temblaba otra naturaleza de fuego, las rodeó del talle y llevoselas fuera de la noche asfixiada.

Quedó quemándose toda la era como en una inmensa pira, y en su abismo rojo caían algunas aves agoreras que escapaban de los sembrados y de los árboles engañadas y ciegas del resplandor.

...Desde lejos, junto al vallado del tuerto, Luis, Librada y Laura siguieron contemplando la noche incendiada y cegada del humo, un humo que se rizaba en vellones gordos, trémulos, hirvientes. Y era de consolación para sus ojos recibir la pureza de la noche alta, limpia, infinita y cuajada de estrellas, y era de alivio para toda su vida aspirar la delicia de la tierra verde y regada, percibiendo aún el olor de brasas de mies, de tizones de bálago que todavía exhalaban sus cabellos, su carne, sus vestidos.

Estaba Luis en medio de las dos mujeres, y recogía en sus brazos la caricia de sus ropas estivales, que sin perder su leve frescura se dejaban redundar de la íntima calidez de la preciosa carne, y en el pulso de sus dedos tañía dulcemente el ritmo de aquellas vidas amadas toda la emoción de sus cuerpos. Era la repetida felicidad de la bella mañana en que vio la salida del sol teniendo abrazada a la esposa; pero ahora aspiraba el perfume de las dos mujeres. Y Luis ciñó más sus cinturas, y ya sintió atraído el peso femenino que es tan amado del hombre, porque es como la promesa de la posesión.

Se estremeció Laura notando el brazo de Luis arrebatadamente trenzado a su talle; le miró angustiada... Y él se apiadó de la mujer, y la inefable lástima difundiose protectora y buena sobre el deseo. Volviose y recibió la apasionada mirada de la esposa, que también había sentido la dulzura del abrazo. Entonces sangró de arrepentimiento el corazón de Luis, y pareciole que una voz divina le susurraba paternalmente dentro de la herida de su amor:

«Bebe el agua de tu aljibe y los raudales de tu pozo».

«Alégrate con la mujer de tu mocedad».

«Sea como cierva muy amada y muy gracioso cervatillo...»

«Sus cariños te inunden de alegría en todo tiempo; y sólo en su amor busca siempre tu placer».

Ya el fuego era todo de brasas; era fuego humilde que se consumía, que temblaba en el terrazgo; ahora triunfaba el humo que bajaba a los árboles y traspasaba los huertos y se acostaba sobre los casales, derramándose en la dormida noche y en todo dejaba un hedor pegadizo de destrucción y pobreza.

Ladraban perros y se oía llorar.

Cuando Laura y sus huéspedes subieron al comedor, aspiraron con avidez el perfume de las canastillas de flores y frutas de la cena, y se conmovieron de gastosa ternura por los campesinos que todavía se agitaban trágicamente sobre la ruina de su hacienda.

Al recogerse en su dormitorio, la huérfana presentó sus mejillas a Librada.

-¡Las últimas buenas noches!

Librada la besó, y sin explicárselo notó que la besaba como una hermana muy buena y maternal.

Luis se había asomado a su balcón. Sentía una honda congoja que no sabía por qué le recordaba sus llantos cuando era muy chiquito.

Los desnudos brazos de su mujer hicieron en su cuello una adorable guirnalda.

-¡Somos jóvenes, Luis; nos queremos mucho!; mirando esta noche se me figura que nos asomamos a todas las noches de nuestra vida, tan llena de felicidad. ¡Y estamos tristes! ¿Qué será la tristeza?...

Y Librada se abrazó al esposo, que aspiró la fragancia de su vida y el hechizo de su serena belleza.

«Sus cariños te inunden de alegría en todo tiempo, y en su amor busca siempre tu placer».

Y la voz del sabio siguió resonando dentro del alma de Luis, que invadido y como traspasado de la pureza, de las gracias y encantos de la esposa, «cuyos labios destilaban miel y el olor de sus vestidos como olor de incienso», la fue besando, besando...

TERCERA PARTE

- I -

Lejos y encima del mar surgió un rizo de humo que estuvo mucho tiempo enredado en sí mismo, solo y quietecito sobre el azul, mientras el barco que lo dejaba se iba perdiendo envuelto de resplandores de sol poniente. Por el camino que pasa a espaldas del Hontanar y se entra en las sierras fragosas, rodaba jadeante un carro, y debajo de su toldo salía una copla que también parecía torcerse y rizarse en el silencio lo mismo que el humo del buque en el cielo, y prolongarse ella sola y deshacerse muy despacio.

Las montañas y los pinares alumbrados del rojo del ocaso acostaban sus siluetas hasta tocar en los granados del huerto de Laura.

Aquel barco, como un grano de trigo, aquella canción traspasando la soledad y dejándola toda prendida de su tristeza, y aquellas cimas de la arboleda y de los montes que recogían la cansada llama, la dulce entrega de toda la tarde, sutilizaban el corazón de Laura llenándolo de ansia por lo lejano. Pronunciaba para sí misma la palabra «lejos»; y le enamoraba decirla, y volaba su mirada sobre todos los horizontes y concebía el silencio de otras inmensidades.

¡Qué lástima que Martina no la dejara sola! A su lado la tenía desmenuzándole el cuento de las lacerías de los nuevos huéspedes del Sanatorio. Ya habían llegado, huidos de los fríos otoñales. Martina los vio en su paseo de la mañana. ¿No era para nunca hartarse de alabar al Santo Patriarca, de verse vieja y con más salud y esperanza de vivir más años que tanta gente moza y rica de la que salía bebiéndose el sol y el aire oloroso de los pinares como una pócima?

Se ahondaba la quietud del paisaje. Entre la menuda hierbecita de la empalizada estriduló un grillo con timidez, blando, indeciso, como si balbuciera.

-¿Aun cantan esos animalitos? -murmuró Laura, recordando las noches estivales en que resonaban con un ludir finísimo de campanillas de plata todos los campos dormidos bajo el tenue claror de las estrellas.

Todo lo pasado, todo lo lejano volvía a dejarle su miel y su amargura dentro de su vida.

«Nos quedábamos escuchándoles... Y me parece que Luis se asomaba y les sonreía como si estos bichitos lo supiesen y le mirasen...».

Se detuvo; y ansió rodearse, acompañarse del recuerdo de la figura de Librada. Quiso hablar de ella, y pronunció el nombre de Luis.

-Ahora que lo mentaste, pienso en la masa dormida de las toñas para tus primos; y que mañana sale el cosario de Alcera.

Y levantose Martina y se entró con mucha presteza.

Por todo el reposo de la noche temprana se fue propagando el trémulo y limpio latidito de los grillos. Comenzó a subir el honrado olor de la leña del horno.

Mucho tiempo estuvo Laura entretenida en la aparición de cada estrella nueva. Las mismas debían de verse desde Alcera, y no descubría tantas ni le daban esta serena alegría que ahora recibía de esos ojitos de luz que iban abriéndose en el cielo...

-¿Quieres catar la pasta? -le interrumpió Martina, saliendo muy trajinera, toda ceñida por un alhero que olía frescamente a limpia artesa. Y ofreciole la rubia hataca de boj.

Laura tuvo que apartar la mirada del cielo, y dio un gracioso pellizco en la dulce pella.

Alzose un manso viento lleno de ruidos de hojas arrancadas.

Movíanse despacio los árboles, y entre sus ramas vislumbraban muy de prisa las estrellas.

Un lucero azulado comenzó a palpitar sobre el negro lomo de un monte dejando en la línea de la cumbre una lumbrecita vaporosa, tierna, de una dulzura, de un goce tan bueno, tan religioso, que Laura se hizo interiormente muy chiquitina, y se dijo que como esa luz sería la estrella que guió a los Reyes Magos.

¿La vería Librada? Librada no, pero Luis quizás la mirase desde su estudio cuando saliera al balcón para descansar de sus libros y planos...

Y Laura apartó sus ojos del milagroso lucero porque le iluminaba demasiado las escondidas inquietudes de su alma, y, sin quererlo el astro ni ella, la guiaba al portal de su amor.

II

Recién llegada Laura a su hacienda, un recadero del Sanatorio le llevaba las pocas cartas que tenía. Pero como las tierras de la finca lindaban con el camino, dispuso la huérfana que un mozo de la labranza saliese al paso de la diligencia para recoger su correo. Así vendría antes.

Y halló que también este mensajero era tardo. ¡Oh, la gente campesina es muy andariega y muy fuerte, pero son de un paso flemático que desespera!

-¿No te parece? ¿Oyes, ama?

A Martina le tenía sin cuidado.

Después sosegose Laura. Fue mitigando su rigor en este servicio. Parece que coincidió su descanso con la estada de sus primos en la heredad. Todo llegaba y sucedía entonces con más gusto y apresuramiento.

¡Oh tiempo, tiempo! ¡Cuán crueles y antojadizas son las manos del tiempo para devanar sus horas!

De nuevo sola, volvieron aquellas manos a hilar cansadamente. ¿Cómo podía discurrir la vida tan remansada y lenta, si a ella le faltaba para sus pensamientos? Había de atropellarlos y aun retorcerlos; y allá iban mezclados y veloces, rodando por su frente; de ellos, de mucha transparencia, dejándole serenidad y frescor bueno y deleitoso, y otros, de inquietud y turbulencia, comparables a aquella noche espesa que bajaba ondulando de humo encima del paisaje, la noche del incendio del ejido. No recordaba bien esos gustosos rasgos de la infancia que todos vemos alumbrados. Pasaba también sobre ese tiempo un humo que velaba el hogar de antaño. Y dentro de esas nieblas destacaba la figura del padre, hermoso, blanco, muy triste; oía sus gritos, sus blasfemias, y, algunas veces, sus sollozos, sus voces de arrepentimiento; y ese hombre pálido la despertaba por las noches, besándola apretadamente en las sienes, y mirándola con unos ojos muy hondos de loco. Y otras noches lo veía traído al hogar por otros hombres. La madre, llorando, le guiaba dulcemente sosteniéndole y señalando la camita de ella; sonaba la voz enfurecida del padre; se alzaba su brazo. A ella la arrebataban unas manos frías que temblaban. Era Martina, que se la llevaba a su cuarto y hacía que se arrodillase en su cama grande y que rezase..., ¡de eso qué bien se acordaba!..., rezaba una oración de sobresalto, muy rápida, que aun la decía la pobre mujer:

Retama, retama del buen Salvador...
Un niño hallado, un peto, un paño.
¿De quién es el niño? De María es.
¿Dónde está María? En el Monumento.
La puerta cerrada y los ángeles dentro...

Suárez se había reído escuchándosela una tarde. Luis, no; Luis sabía que la rezó desnudita, espantada, abrazada a su madre, no sabiendo qué rezar, delante del padre tendido en la alfombra, con la frente vendada y una hebra de sangre helándose en el mármol de las mejillas...

...Desde entonces, qué ansiedad, qué congoja y terror en la madre por sus apasionamientos más pueriles, por sus rebeldías más leves, por sus explosiones y entusiasmos de juventud.

Y un cilicio de miedo y de dolor quedó ceñido a su voluntad.

¡Cómo envidiaba de Librada la paz interior sin sacrificio! Y en ella hasta las imaginaciones inocentes y humildes despertaban todas las guardias de su conciencia y las torceduras del remordimiento.

El nombre de Luis estaba para Laura cercado de riesgos, de prohibiciones, y le abría un surco doloroso en su vida.

¡Cuán dichosas las almas que en la renunciación de lo codiciado quedan perfumadas de virtud y no llagadas por ella!

Sentía miedo, miedo a todo y ya no tenía nada. Ni siquiera la rapazuela ahijada para ir por los campos, ahora tan hermosos, encendidos de oro de los árboles, que hace pensar y soñar en lo remoto... ¡Siempre, Jesús divino, lo lejano!...

Tuvo Martina que llevarla a la mesa y templarle la leche y el café y partirle las torradas, y guiarle la taza a los labios.

Martina estaba asustada y acongojada de verla.

Y de súbito Laura se rió de la tenebrosidad de la pobre mujer, y le ensalzó el cuidado que tenía de renovarle los jazmines de una copa vieja y tallada, y la abrazó pidiéndole que le contase un cuento mientras aguardaban al muchacho del correo...

Salieron a la terraza.

No, no era posible que naturalmente caminase así de despacio. Lo estaba mirando con los anteojos desde que el zagal pisara la senda de la finca.

A la siguiente mañana ya no le aguardó en la solana, sino que muy temprano bajó al huerto para recibirlo; y otro día, salió a las eras; y otro, llegó a las hazas y entrose por el olivar; y otro, quedose el labriego pasmado viéndola en la orilla del camino.

Ya desde entonces fue éste su paseo mañanero, sin mucha complacencia de Martina, que iba a su costado siempre roncera.

-Para esto, hija mía, podríamos estarnos en el pueblo... Yo digo que en el campo ha de vivir una sin pensamientos y afanes que atolondren. ¿Tú crees que este sol, aquí paradas, hasta que a la diligencia se le antoje pasar, ha de serte bueno? ¡Luego, tanto decir de la soledad, de no saber de nadie!...

-No vendré más; no vendremos, ama; yo te lo ofrezco -replicaba Laura, enrojeciendo herida por las palabras de Martina-. Y mira, ni el sol es malo, ni yo vengo afanosa de nada, ni estoy arrepentida de la soledad... No vendremos, o no vengas conmigo...

Y sí que iban todas las mañanas; al retorno, que lo hacían más despacio que cualquier pesado recadero, la doncella leía la carta recién entregada por el mayoral.

-Para esto, Laura, vámonos a Alcera. ¡Tanto querer venir a la heredad! ¿Para qué? Si ahora no se piensa ni se quiere más que lo que dejamos...

-¡Ay, ama mía, le pareces a aquella rueda de la fábrica que hay en frente de nuestra casa, siempre gruñendo y lamentándose!

Y sucedió que una mañana, después de muchas de un silencioso regreso sin noticias de nadie, corrió Laura locamente por los bancales y sendas viendo que la diligencia llegaba. Y ese día vino carta. Y cuando Martina aguardaba el gusto de su lectura, pues ya participaba de la alegría del correo, no recibió sino el desagrado de ver que Laura, apenas pasada la primera página, dobló el plieguecito y escondioselo en el pecho, sobresaltado, trémulo, como si ahora jadease del cansancio de la anterior carrera.

Volvían lentamente; y conversaban del paisaje; de unas nubes muy blancas, de espuma y de sol, que subían del mar; de los años que tendrían algunos pinos, en cuyos troncos se envigaba una escala de muñones hechos por la poda; de las avecitas que apeonaban muy lindas por los sembrados sin asustarse ni huir de su presencia, ya conocida.

Sólo cuando abrieron la ruda empalizada de la huerta, exclamó Martina:

-¡Hoy ni tan siquiera oírte la carta de tu primo Luis!

-Te advierto, ama, que la carta es de Librada.

La vieja quedó pasmada y dolida del tono de severidad y pesadumbre de Laura. Y ésta subió quejándose de que le dañaba los ojos el mucho claror de los blancos muros de la casa y el reflejo del sol en la tierra y hasta el remoto espejo del mar; todo, todo cegaba de demasiada luz.

Recogiose en su dormitorio y se asomó a la ventana.

Tomó y abrió, de nuevo, la carta de Librada; era de Librada. Quería leerla no sólo tranquila, sino gozosa.

«¡Laura, chiquitina mía! Chiquitina mía, sí, porque hoy, no sólo hoy, desde hace algún tiempo me parece todo pequeñito y tierno. ¡Cuánto me ha costado callármelo hasta tener la certeza de que no me engañaba! ¡Al fin se ha acordado Dios de mí; mejor dicho: se ha acordado de que era yo casada! ¡Ya estoy convencida de mi felicidad! Prepárate a ser lluneta de lo que el Señor me diere. Perdiste una *corderita* ahijada, pero tendrás un cordero, porque yo me lo figuro ya chico, blanco y rubio... Nunca olvidaré la noche del incendio de las eras. Te he dicho bastante para que sepas aproximadamente la fecha de tu viaje...».

¿No fue esa noche cuando Luis la tuvo muy ceñida del talle, y ella miraba asustada la horrenda hoguera de los campos, sintiendo la dulzura de la protección mezclada con un temblor de amenaza, que también, ¡oh, Jesús!, la llenaba de delicia?...

Entornó las ventanas; pero, apagado y todo el cuarto, todavía lloraba como si las paredes llameasen de sol. Le dolían abrasadamente las sienes, pareciéndole que se las traspasaban tizones ferocísimos de aquel incendio, cuyo recuerdo perfumaba de dicha el alma de su prima.

III

Treinta años llevaba subido a su asiento de crines y cuero remendado el mayoral de la diligencia de Alcera al Sanatorio. Era un buen hombre, seco y recio; respondía destempladamente a cuanto le hablaban aquellas cargas de humanidad desgraciada de su coche; pero su aspereza ocultaba mucha compasión. Los niños y las mujeres enfermas le hacían odiar a otros viajeros varones y más fuertes. Y se ensombrecía, daba rugidos y tronaba su látigo, para distraerse y no pensar en las pobres gentes que le miraban medrosas.

Se había quedado sin familia. Ya estaba muy cansado de sus jornadas, y no se daba cuenta. Parece que sentía el cansancio y la piedad sin saberlo.

Después de la última revuelta costanera, cerca de los primeros pinos, dejaba las riendas; abría la valija, y con gustosa mansedumbre, que pasmaba al zagal, iba buscando, buscando entre periódicos y cartas; y hallada la apetecida, saltaba del pescante y caminaba junto a la diligencia. A poco, aparecía Laura, saliendo entre los árboles; y él le ofrecía su correspondencia, y ella le saludaba sonriendo.

Vuelto a su asiento, resonaba su grito animado piropeando a los rendidos mulos; hacía crujir alborozadamente su tralla, y en las sudadas colleras alzábase una resurrección de campanillas, un vuelo de alegría que con los pajarillos del camino parecía prenderse en el boscaje y en los alambres y tornapuntas del telégrafo.

Era para el viejo mayoral un alivio en su faena pensar en el kilómetro 33, donde gozaba el prodigio de la aparición de la doncella.

El kilómetro 33 estaba envuelto en un resplandor de felicidad; y al sonreírle la señorita sentíase tan dulcificado, tan contento como si a su llegada tuviese que hallar abrigo de casa suya, con mujer vieja pero aun firme, hacendosa, que le preparaba la comida caliente, y dos hijas grandes que le cosían y lavaban la ropa y hacían una colada que entibiaba y perfumaba todo el hogar con un olor de limpieza, de trabajo y de honradez.

Pues, ¿y cuando la señorita del Hontanar le dejaba en sus manos un atadijo muy gracioso que tenía lazada de seda y dentro, potecicos de tabaco, una faja de lana dulce o un tabardo o chaquetón de pana o calcetines recios muy cabales y algunas monedas de plata para él y el muchacho?

Las palabras y la mirada de Laura tenían un halago y blandura que penetraban en la rudeza de ese hombre y se sentía así de bueno como el viejo mulo de la izquierda cuando le rascaba en el testuz al acercarle la herrada del agua...

Y la aparición de la doncella había acabado. Aguardola otra mañana, y tampoco la tuvo... Entonces él mismo llevó una carta a la heredad; y no vio a Laura, sino a Martina, que la cogió malhumorada.

Y ya pasó por el solitario kilómetro, callado y hosco sin la sensación del abrigo de casa limpia con hijas grandes y mujer que le cuidasen. La diligencia aparecía en la revuelta, balanceándose pesadamente: ahora y después, sólo esperaban al mayoral camino de polvo, venta ahumada llena de arrieros, y pesebres calentados por un vaho de bestias...

La labriega se llevaba la punta del delantal a sus ojos siempre que aparecía el médico. Quedábase escuchando, sin querer, los pasos de aquel hombre que hacían retumbar la vieja escalera, el mismo que coronó de nieve las sienes de *Corderita*, y que ahora había ordenado también que la trajesen para la rubia cabeza de su ama.

Igual silencio que entonces había en toda la casa, silencio de alcoba, de enfermedad, un silencio apretado, de muros, que aun para la labradora era distinto del silencio amplio, libre, luminoso de los campos.

El abuelo y su mastín, cabeceando de vejez y aburrimiento, pasaban el día bajo los deshojados frutales del huerto, sin atreverse a empujar la puerta, cuyo gemir sobresaltaba a Martina como si oyese un aullido.

Las gallinas tampoco pasaban del peldaño del corral; y allí, muy quietecitas, con una pata crispada, en alto, como pidiendo a pavos y ocas que se estuviesen callados y quietos, permanecían mucho tiempo mirando y oyendo la quietud y tristeza del interior, y alguna más voraz y codiciosa, enviaba su mirada de fuego a los costales de rubión y maíz que reposaban en las losas de un ángulo.

Arriba todo estaba siempre entornado. Era la ansiosa faena de Martina: cerrar postigos, quitar luz, porque Laura no podía resistir ni el claror de un resquicio, ni la delgada y roja viveza, el telo de lumbre de un nudo de las maderas de los balcones y de las verdes celosías.

-Parece que tenga dentro de la frente así como una hoguera, tanto le arde la piel; y por eso debe ser su miedo a la luz, y ese nombrar las llamas, el incendio, el humo... ¡Cuánto no le dolerá esa cabeza!

Y Martina sollozaba mientras iba hundiendo torcidas de periódicos en las junturas de las ventanas y tupiendo cortinas.

El médico descansaba en el sofá del comedor, apoyando sus manos carnosas, con un vello de azafrán, en el mullido cojín del asiento.

-Yo, la verdad, no comprendo este caso..., ni yo ni nadie.

No recordaba otra fiebre tifoidea en aquel paraje. La condición del terreno, la altitud, el escondido camino de los manantiales; sus gráficos, las estadísticas eran claros testimonios de que nunca hubo allí ni sospecha de ese mal. Y *aquello* parecía tifus; ¡si no le faltaba ni un elemento de diagnóstico! ¿De dónde había salido esa fiebre?

Y otra vez exclamó:

-¡Yo no lo comprendo!

-¿Que no lo comprende, dice? Pues yo sí -le repuso Martina-. Esto no es más que sol, sol y sol. ¡Usted qué sabe el que esta criatura ha tomado corriendo por esos bancales para aguardar el correo! ¡Bien se lo avisaba, pero una no tiene autoridad cuando más la necesita!... Pero esto es un tabardillo, fiebre de sol; por eso la mala voluntad que le tiene a la luz, y el dolor que siente por un hilico tan siquiera de sol que pase. Debe ser como una indigestión de sol; el sol que se le ha parado en la frente como nos endaña un mal bocado en el estómago...

El médico sonreía moviendo su cabezota.

-Sí; bien; es claro... A su manera usted lo comprende y se lo explica todo; pero, un médico, un médico, es decir, la Ciencia, no puede explicarse esas indigestiones solares...

Se levantaban. Y la Ciencia, es decir, el médico, se desfruncía y estiraba los pliegues del buche de su chaleco, y afanosamente se subía los pantalones.

Después pasaban al dormitorio de Laura.

A poco salían, y entreabriendo un instante la ventana, miraba el doctor el termómetro, todavía tibio de la axila de Laura.

-39 y 8. Bueno.

Y se despedía, ordenando sosiego, nieve para aquella cabeza que abrasaba y benzonaftol.

La colonia del Sanatorio estaba ya demasiado enterada del *caso* del «Hontanar». Para los del Sanatorio *aquello* era tifus. Todos se hallaban indignados; parecía que nadie más que ellos pudiesen tener el privilegio de los sufrimientos y consideraciones de la enfermedad. Venían en busca de la pureza del aire, de la sanidad de los pinares, y era un engaño encontrar un peligro distinto del suyo en quien ni era camarada de Hotel. Se comprendía que se trajesen microbios y males de la ciudad al campo, pero llevarse otros nuevos del campo a la ciudad, no era ni siquiera moral.

-¡Esto es antagónico o anacrónico! -gritó Moisés, que siempre confundía estos vocablos y los aplicaba libremente-. ¡Y, si no se remedia, el Sanatorio asistirá a su propia perdición! -Y era su gesto terrible, profético, un Isaías *anacrónico* con los espejuelos que le colgaban y resplandecían sobre el poderoso estómago y el quitasol trazando en el aire la ruina de las termas.

El médico sonrió diciendo:

-Lo que tiene aquella enferma no es tifus; no puede serlo: la altitud y las condiciones del terreno; lo muy guardadas que corren estas aguas, y ante todo mis gráficos, las estadísticas clínicas, me demuestran que aquí no puede haber ni hubo nunca el bacilo de Eberth.

-Entonces, ¿qué es lo que tiene esa señora?

-El cuadro clínico que ofrece la enferma es el de unas fiebres tifoideas...

-¡¡Tifoideas!!

-Sí, tifoideas; pero, no. Es algo así como... una indigestión de sol; se le ha parado el sol en la frente como se nos para un mal bocado en el vientre. Viene a ser lo mismo: un empacho de sol...

Entonces Moisés contempló pasmadamente al médico, y sin poder reprimir un celoso movimiento de su ánima, se dijo: «¡Pues no es tan mentecato como yo lo imaginaba!...».

IV

Obedeció Laura al médico y Martina; y una mañana tibia y seca de los postreros días otoñales, salió apoyada en el brazo de su dueña por la senda del huerto al Sanatorio.

El sol abrigaba y doraba dulcemente a la pálida doncella, que iba mirando con enternecimiento su paisaje. Los árboles y la menuda verdura de los ribazos más conocidos y predilectos de su mirada y los claros contornos de los montes, que siempre gustaba de contemplar, todo tenía un color cansado y suave que llevaba su alma a la resignación... Alzo los ojos al peñasco del sepulcro, en cuya rasgadura penetraba la pureza de la lumbre durmiéndose entre el silencio del nidal. Ya no estaban las águilas; ella las esperó muchas tardes, mirando todo el cielo, y no viéndolas se había sentido más sola y más enferma.

El médico, a su lado, no acababa de repetirle los consejos para la convalecencia.

-Airearse, airearse mucho; paseos sin fatiga; carne, huevos y leche; y la leche, yo de usted la tomaría de oveja o de vaca, pero bien cocida...

Su voz gorda, espesa, de boca que come, que deshace suculencias, rodaba en la paz campesina.

Dijo Laura que quería entrar bajo los pinares y ver los enfermos y que ellos la mirasen tan delgada y blanca, que demasiado la vieron cuando estuvo sana y gozosa de salud, y por caridad tenía que compungirse fingiéndose enferma. Esperaba que hasta la acogieran amorosamente siendo semejante a ellos.

Y por una vereda del bosque, que se retorcía valiente y salvaje, llegaron al banco de «Moisés».

Allí estaba el grave caballero con sus pedales de guijarros, rodeándole un coro de bañistas.

-Aquí tienen ustedes el caso del Hontanar -prorrumpió triunfalmente el doctor- que ha sido más grave de lo que ustedes lo abultaban.

-¿Grave, dice? -gritó Moisés recogiendo sus piedras.

Laura les sonreía queriendo allegarse a su intimidad.

-¿De veras que está usted va buena del todo? -le preguntaron recelosamente.

Y la huérfana sospechó la honda y acerba envidia por la salud lograda, y quiso mentirles para mitigar sus padecimientos.

-No; aun no estoy curada; todavía me da fiebre...

Y fueron quedándose solos los recién llegados con un joven vizcaíno, hundido en las almohadas de su butaca de ruedas y envuelto por mantas muy felpudas.

Apenas conversaron.

Y cuando ya tarde, se expandió en el silencio el dulce tañido de la esquila del Hotel, Laura y Martina dieron gracias de su compañía al director y al enfermo; y muy despacio, retornaron a la heredad.

Palpitante, encendida, leyó Laura la carta de Luis y de Librada.

Luis se despedía. Había triunfado en el concurso de Lima, y se marchaba para iniciar las obras. Los periódicos americanos y españoles publicaban autógrafos y retratos del artista. Librada le prometía a la huérfana un fajo de esas páginas mensajeras de la glorificación del amado. Y él, le daba su adiós con palabras de una tristeza pegadiza, casi retórica. Su pluma debió temblar gozosamente al escribir...

Luis dedicaba unas líneas a Alcera, a Suárez y otros amigos vanos, y lo que nombraba, quedaba comunicado y dentro de su alegría; amaba a todo el mundo como nunca o se amaba a sí mismo en todo.

Sintió Laura que ese hombre era ya menos *suyo*; menos aún que cuando Librada le anunciara la concepción del hijo. Ahora pensarían muchos en él; pronunciarían su nombre, se apoderarían de su vida; y perdiendo para ella en intimidad, creíase más inocente y Ubre amándole. ¿No era esto un umbral del contento? ¿No habría hallado un tranquilo camino de dicha?... Y mandaba a su corazón que se congraciase en su amor, que se abrazase a la felicidad.

Cuando Martina y el médico pasaron, les dijo muy gozosa que se preparaba para salir. Estaba el día templado y azul, y llevaba muchos recluida por las nieblas, desde la mañana que huyeron de su lado las temerosas gentes del Sanatorio. Quería ir, quería verlas de nuevo antes de su viaje...

-¿Viajar, ahora? -suspiró asustada Martina.

La tranquilizó Laura diciéndole que regresaban a su casón de Alcera.

Luis se marchaba, quedando muy sola Librada.

Y mientras les hablaba, tocose con un gracioso sombrero de palma y bridas de tules rojos y envolviose en su abrigo.

Bajo el sol desbordó su alegría.

-¡Qué hermosura es la salud!, ¿verdad, Laura?

Ella miró al médico piadosamente, y le repuso:

-Hoy me noto del todo curada y fuerte, pero no estoy contenta sólo por la hermosura de la salud que usted ha dicho, sino porque he querido marcharme y me voy.

-Yo no lo entiendo -exclamó pasmado el macizo doctor-. ¿Pues tenía usted más que haberlo apetecido antes, es decir, antes, pero siempre que yo lo hubiese consentido?...

-¡Y quién sabe si tampoco eso será el motivo de mi alegría! Estoy contenta porque sí, sin saberlo... ¿No nos sentimos muchas veces blandos, caídos y tristes sin saber por qué?

El médico negaba balanceando su cabeza crasa.

¡No, eso no!; lo que decía esa criatura lo encontraba desatinado; él necesitaba explicárselo todo; sabía siempre la razón de sus enojos y de sus regocijos.

Martina la observaba con grande cautela. ¡Si viviese la señora cómo padecería por las rarezas de la hija! ¡Cerrar la casa de Alcera y apartarse en la heredad, para de súbito volverse a donde tan ricamente se estaba sin los pasados trastornos!...

...Al comenzar la vereda del bosque, el médico, muy colorado y balbuciente, despidiose de Laura. El pobrecito temía las iras y quejas de los enfermos. Pero nada más hallaron a Moisés, oliendo con avaricia una mata recién cortada de un pino; y al joven vizcaíno sumido en mantas y pieles, mirando los gorriones que bullían por la brava techumbre del ramaje.

La risa, el donaire, el paso firme y leve y la dulce arrogancia de posesión de vida que mostraba Laura, les sorprendieron grandemente.

-Pero usted... usted..., ¿no estaba muy enferma, con fiebres diarias? ¡De esto no hace tres semanas!... ¡No me explico esos embustes!

El vizcaíno se rió de la mohína de Moisés que, a poco, quejose de humedad y se retiró muy solemne.

El vizcaíno sonrió con exquisita malicia.

-No se agravie de mi risa, yo le suplico...

-¡Agraviarme cuando me parece que debo sentirme agradecida! Porque usted debe reírse de...

-Me río porque este pobre nombre y las otras gentes, que hoy no han acudido, se marcharon una mañana huyendo de su mal; se marcharon porque usted estaba enferma; y hoy, ya lo ha visto, ¡hoy se marcha Moisés porque usted está sana!... ¡Oh, humanidad y humanidad de Sanatorio!...

-Entonces, yo no olvidaré que ni antes ni ahora huyó usted de mi lado...

Y se contuvo viendo que el postrado se reía entristecido y que se le enrojecían las mejillas hasta inflamarle la pálida frente, recortada en óvalo por el cerco de su boina.

Ella le contemplaba.

Y el enfermo murmuró con lástima y desdén de sí mismo:

-Estoy tullido de dolores. Dos nombres de estos campos me llevan y me traen como un costal... No sienta haberme herido, ni se ría usted de sus palabras; no se arrepienta. ¡Quién sabe si algún día podré decirle de manera que no se juzgue por fineza mentirosa que yo, aunque hubiese podido andar, nunca hubiera huido de su lado!...

Por la noche, mientras Martina paraba la mesa y le servía la cena, hablando menudamente del regreso a la ciudad, Laura acusose de hastiada y tornadiza, como le aconteció cuando quiso venir a su hacienda; pero bendecía también su designio y se maravillaba de su repentino y purísimo origen. ¡Quería marcharse y... se iba! ¡Podía quererlo, decidirlo, y cumplirlo sin que miedo ni escrúpulo retorciesen ni apartasen su propósito! ¡Pasar todo el invierno en estas soledades que le daban impresión de desamparo, de angustia y le presentaban el egoísmo de las gentes laceradas del Sanatorio!...

El pobre tullido parecía de otro linaje espiritual que los otros, pero después de aquellas cálidas palabras que le hicieron temblar los labios, había vuelto a su silencio, y ella tornó a sentirse sola... Sola estaría todo el invierno, sin *Corderita*, oyendo la quejumbre de los vendavales, mirando la arboleda deshojada y rígida, el cendal de la lluvia, los montes cegados de humo de nieblas. ¡Oh, gracias, gracias Jesús, porque había pensado marcharse, lo había querido... Y se iba...!

CUARTA PARTE

- I -

Maravilla y ufanía de la ciudad era el Casino. Todos los forasteros habían de visitarlo; y si no iban por espontáneo pensamiento, y los indígenas sabían tan grave descuido llevábanlos altivamente.

En seguida desnudaban de fundas los estrados y sillas de gala; se alumbraban los salones, aunque la visita fuese mañanera; desplegaban los cortinajes y reposteros de lujo guardados para fiestas y ceremonias; y llegados a los cuartos de baño, el conserje iba soltando las espitas de las pilas y de los lavabos, y abriendo los armarios de los lienzos y fazalejas, armarios ingleses.

Y en tanto, este funcionario, apodado «¿Napoleón», por su semejanza facial y el bizarro gesto de llevar una mano descansada y abierta entre los dorados botones de su levita y la otra sobre los robustos lomos, «¿Napoleón», hacía un menudo cuento del origen de la casa, del celo de su gobierno y del mérito y precio del mueblaje.

-Hay tres baños, pero son como el que han visto los señores, y hasta el servicio de uno.

La biblioteca, de labrada caoba, con lunas hermosísimas, era muy rica de colecciones legislativas; todo el Alcubilla, con sus Apéndices, encuadernado en pasta española; y todas las *Gacetas* también.

La estancia más singular, amena y ruidosa, estaba en el primer piso. La llamaban «La Candiotera». Tenía hondura y bóveda, y le dieron semejanza de tonel. Los muebles eran banquetas y butacones de sarmientos y duelas; las mesitas, nudosas cepas de nogal con una losa de mármol rojo; las lámparas, fanales panzudos como garrafas.

No es posible negar el pasmo y el agrado de todo visitante cuando pisaba la «Candiotera». Entonces sí que avanzaba imperialmente su busto el conserje, y contemplando los muros del peregrino aposento, como si viese las mismas pirámides, exclamaba:

-Sala llamada de «La Candiotera», única en su clase en todos los Casinos del mundo. Su coste pasa de siete mil pesetas; todas las maderas son finas; los muebles, macizos, y las cuatro mesitas de los rincones son todas de una pieza...

Pues en la «Candiotera» no sólo se reunía la gente moza, de bulla y zumba, sino que también buscaban su fondo *dionisiaco* para sus paliques y glosas del bien de la república, del ejército, del mar, del logro, y de todas las disciplinas de la vida, los socios ya maduros y longevos, políticos, autoridades, el brigadier-gobernador, ilustre soldado, juristas y mercaderes, oficiales de carabineros del Reino; y sentados en grandes ruedos conversaban o meditaban dormitando.

Fue acuerdo de la Junta aplaudido por toda la «Candiotera» nombrar socio de honor al preclaro alcerense don Luis Menéndez Herrero, recién llegado de su glorioso viaje a Lima.

Y a la siguiente tarde, una copiosa comisión, con la bizarra añadidura del gobernador militar, de uniforme, estuvo en casa de Luis para ofrecerle su nombramiento y parabién.

Ceremonia de inolvidable solemnidad. Suárez, primer vicepresidente de la junta, habló por encargo de la presidencia, que la ejercía un consignatario de palabra reacia.

Sorprendiose Luis viendo que su amigo, descansando tribuniciamente las manos en el respaldar de una butaca, comenzaba una oración de párrafos anchísimos, sin tutearle ni nada. También habló el Secretario; y todos mentaron con loas frenéticas el Mediterráneo, quizá culpable de la oratoria y de otros males de los alcerenses, pues además de lo de «vehículo de civilizaciones» y «senda gloriosa», y otras virtudes, ha de creerse que el taimado mar trajo a la sosegada costa los despojos de muchas razas, que, mezclándose, originaron la condición placera y parladora de estas buenas gentes levantinas.

...Después, todos fueron al Casino, para que conociese el agasajado las novedades realizadas durante su ausencia: un gigantesco globo terráqueo para la Biblioteca, los billares nuevos y los camareros.

Los camareros eran los mismos de antaño, pero afeitados rigorosamente y vestidos con rozagante casaca azul. El rasuramiento de estos hombres entristeció a Luis. Bien sabía él que con esa limpia y servicial catadura de los camareros parecían los socios -¡de ellos tan modestos!- más autorizados y hasta más elegantes; pero es que los pobres fámulos denotaban una íntima humillación, una apariencia de esclavitud. Semejaban otros, que no aquellos viejos criados que siendo chiquitito le tomaban en brazos para sentarle cuando iba con su padre y se maravillaba de que acudiesen con sólo escuchar una palmada. Entonces traían blancos delantales, y todos sus bigotes foscos, o lacios, o curialescos o retorcidos como una llave de cuadro sinóptico... Y su presencia siempre le despertaba amables memorias. Ahora ya no; la espléndida librea, la blanca corbata, las mejillas y el labio severamente limpios, descañonados como extranjeros o intelectuales, les desemejaba, y apartaba los días venturosos de la infancia de Luis.

Al entrar en la «Candiotera» retumbó la bóveda de aplausos y vocerío; todos los ociosos se levantaron para recibirle y abrazarle.

Le pedían noticias de su viaje, de su triunfo, del barco que le había llevado, de las mujeres y de las comidas peruanas.

Otros rodeaban a Suárez felicitándole por el reciente casamiento de su hermana.

Águeda se había desposado con el senador seis días antes de la llegada de Luis.

Decía el brigadier:

-Usted, Suárez, ha sido lo que se llama un padrazo para su hermana; y para el senador, ha sido usted no diré yo un padre, pero sí un hijo, y un padre también. ¡Qué cara...! -Y soltó el terno... Y resonaron sus espuelas.

-...Un verdadero padre, dándole los cuidados y la compañía de una mujer tan trabajadora, tan primorosa, porque creo que es muy primorosa...

-¡No le falta a usted razón, mi general! -dijo su ayudante-. ¡Más que hijo ha sido un padre!

-¡Pues claro!

Todos alabaron a Suárez.

Sirvieron un refrigerio, un «vino de honor», y hubo brindis. «Napoleón» bajó el globo de la Biblioteca, y los bastones de los socios señalaron los rumbos y rutas del Perú.

Ya tarde, cuando salieron del Círculo, le pidió Luis a Suárez que le llevase a la casa de Águeda.

-¡Oh si supieras cuántas palabras y paciencia me han costado esas bodas! He sido un misionero predicando a mi hermana el evangelio de su felicidad. ¡Es una mujer negada, la pobre! Toda llantos y suspiros como si yo le impusiera un castigo vergonzoso y horrendo. Y te advierto que consintió porque le dije que tú habías escrito aconsejando ese matrimonio.

-¡¡¡Yo!!

Suárez, sin atenderle, siguió explicando los lances del difícil noviazgo:

-¡Qué abnegación necesité también para resistir las impertinencias del senador novio! Porque yo no he tenido que embaucar a este pobre nombre para casarlo. Nada más se lo indiqué algunas veces, con toda delicadeza, y el vejete llegó a prendarse como un mancebo. ¡Si lo hubieras visto! ¿Cómo es aquello de Amadís de Gaula, lo del doncel?... «En fuerte punto mis ojos la miraron...»; ya no recuerdo. Pues algo semejante, pero en la ancianidad, debía de pensar el prócer enamorado. ¿No ha sido la suerte de mi hermana?

Habían llegado al portal. Subieron. Abrió Suárez con su llavecita; y los dos amigos pasaron y fueron acercándose muy despacio a la salita de Águeda, de donde salía un seguido y cansado rumor.

Asomose Luis, y vio al senador y su mujer que estaban contando los agujeros de la rejilla de una mecedora.

Entonces, Suárez dijo:

-¿No te parece una verdadera bienaventuranza este hogar?...

Volviose Águeda, y prorrumpió en un grito de alegría y angustia.

Su hermano la observaba severo, frío, terrible.

El senador, alzada la cabeza fofa, pálida, y con el dedo cordial hendiendo la rubia celosía del respaldo, les miraba pasmadamente. Luego, doblándose, prosiguió:

-Noventa y siete, noventa y ocho, noventa y nueve...

Olía la tarde a flor dulce de acacias, a mazo amargo de polen de palmeras de los paseos. Toda estaba llena de júbilo de niños que jugaban y merendaban saltando por arriates y viales.

A las puertas de las casas, recién rociadas, se sentaban las mujeres para conversar y seguir su costura al goce del oreo.

Por lo alto de las calles vecinas del mar subía una dulce claridad y alegría del inmenso horizonte. Retornaban los gorriones de sus jornadas y aventuras en patios y caminos, y los árboles se estremecían bajo la ruidosa invasión.

Y entre el alboroto de pájaros y niños se oía clara, fina, beatísima la campanita de un monasterio de monjas que llamaba a las Flores del Mes de María...

Luis aspiraba regaladamente el aliento primaveral, que alguna vez palpitaba por una delgada brisa salina.

No se había sentido nunca tan dichoso; era feliz sabiéndolo; y basta se lo hablaba, se lo decía a sí mismo, devolviendo los saludos y sonrisas de los alados grupos de doncellas que acudían a las Flores, y semejaban vestidas de la gracia y pureza de la tarde de mayo. ¡Qué purificación hallaba en todo! Iba a casa de Laura, y pareciole que caminaba hacia un Santuario, donde estaba Nuestra Señora sola y olvidada. Necesitaba devolverle la íntima paz, y comunicarle la dulce alegría de la tarde fragante, alegría serena de naturaleza resucitada y florida, y el contento suyo y el contento de su hogar todo henchido de su triunfo, todo sujeto al blando poder del hijo, y todo aromado de la belleza de la esposa, transformada por la soberanía de la maternidad.

Cruzó Luis los eriales de las fábricas cercanas al casón de Laura. La pobre tierra también sonreía con los verdores de las malvas nuevas, y hasta la vieja azuda de la fábrica de paños se había tapizado de tierno musgo. ¡Qué inocencia, qué santísima pascua en toda su vida! Pero de súbito el corazón de Luis le aldabonó celosamente en su costado.

Del portal había salido un hombre rubio y pálido; y el embelesamiento de sus ojos, su figura, su paso y gesto distraídos y el venir de la presencia de Laura, le dieron a Luis indicios de que era enamorado. Y al mirarle trocose el venturoso sosiego de su alma en ciega turbulencia.

Laura contemplaba el crepúsculo.

Todavía creía escuchar las palabras de humildad y amor de aquel hombre, que conoció tullido y postrado en una butaca de ruedas, al sol del Sanatorio, y ahora, ya curado, libre y gozoso, había venido pidiéndole rendidamente su cariño.

-¡Con qué ansiedad y angustia aguardaba la salud! Cuando ya pude caminar, salía por las tardes a los campos buscando los lugares más quebrados y costosos, y salté vados, y arrojé piedras y cavé y corrí para probar mi fortaleza. ¡La salud!, ¡salud mía que me deja venir desde mi casa tan remota sólo para decirle que yo nunca, nunca hubiera huido de su lado! Pero ahora ya no padece usted ningún mal... Para que crea usted en mí..., ¿por qué no me deja que la acompañe toda su vida por si algún día volviese usted a enfermar?

Ella había sonreído, agradeciéndole tiernamente aquella súplica de niño y enamorado.

Y después, murmuró entristecida:

-Ahora soy yo la tullida por dentro; no puedo huir; y tampoco me atrevo a dar mi compañía hasta que no me sienta del todo curada y pruebe mi fuerza interior.

Y aquel hombre se había inclinado; y desapareció en silencio.

La voz de Luis deshizo esta emoción de Laura y encendió sus mejillas con una dulce aurora de rubores.

-Venía a quejarme de tu alejamiento; pero ya no debo hacerlo. Encontré en el camino la razón. Antes de mi llegada no te apartabas de mi mujer...

Laura pensó que *antes*, Luis decía siempre: Librada.

Y tanto tenías y acariciabas a mi hijo, que hasta dejaba el pecho de su madre para mirarte, sólo oyendo tu voz... ¿Por qué ahora no vienes? ¿Por qué nos ocultas lo que yo he sabido cuando me acercaba a ti, creyéndote sola?

En la mirada y en el acento de Luis había una sombra y sequedad de acusación.

Laura recató su faz volviéndose hacia la tarde.

En la llanura campesina, sobre el encendido cielo, una sendita lisa, muy delgada, de cuento de pastores, toda de oro, venía desde la puesta del sol a la majada. Y por las rudas bardas subían retorciéndose y trenzándose las madreselvas. Las pobres plantas buscaban delirantes la amplitud y libertad, y como no podían alcanzarlas, volvían a derramarse dentro del cercado, y por su sacrificio estaban los ruines tapiales pomposos y floridos.

La huérfana los miró amorosamente viendo en ellos el cercado de su alma; y con leve sonrisa, dijo:

-Yo te agradezco que hayas venido para consolarme creyéndome sola y afligida.

Y entonces, Laura, sencilla y humilde, contó los tiernos y rotos amores del tullido.

Oyéndola volvía al corazón de Luis la felicidad y fragancia de la tarde de mayo. De nuevo sentíase venturoso y capaz de grandes abnegaciones. ¿Por qué no había de ser la mujer vedada el complemento de su hogar? Tenía esposa, hijo y hermana. ¿Qué santas acacias deshojaban sus flores encima de toda su vida? Le habló con íntima unción de su lograda paz; y al despedirse tuvo para ella una sonrisa de padre. ¡Aun podían ser muy dichosos!, ¿verdad?

...Laura volvió su mirada a los muros del cercado que contenían el ansia de la primavera...